철학편지

이 도서의 국립중앙도서관 출판예정도서목록(CIP)은 서지정보유통지원시스템 홈페이지(http://seoji.nl.go.kr)와
국가자료공동목록시스템(http://www.nl.go.kr/kolisnet)에서 이용하실 수 있습니다.
(CIP제어번호: CIP2019003972)

세계문학전집
175

Voltaire : Lettres philosophiques

철학편지

볼테르 지음
이봉지 옮김

문학동네

일러두기

1. 번역 대본으로는 *Lettres philosophiques*(Voltaire, Éditions Classiques Garnier, 2010)를 사용했다.
2. 원주 표시가 없는 본문 중의 주석은 모두 옮긴이주다.
3. 본문 중 고딕체는 원서에서 이탤릭체로 강조한 부분이다.
4. 성서 인용은 대한성서공회 개역개정에 따랐다.

차례

편지 1
퀘이커교도에 관하여

양식 있는 사람들은 대개 매우 색다른 종파의 교리教理와 역사에 대해 관심을 가질 것이다. 그래서 나는 영국의 꽤 유명한 퀘이커교도*를 찾아가기로 했다. 이 사람은 삼십 년간 상업에 종사하다가 더이상 욕심내지 않고 적당한 시기에 물러나 런던 근처의 시골에서 은거하고 있었다. 나는 그곳으로 찾아갔다. 집은 작지만 튼튼했고 별다른 장식 없이 매우 깨끗했다. 그는 아주 정정했다. 아마도 평생 정념이나 무절제에 빠져본 적이 없어 한 번도 병에 걸리지 않았기 때문일 것이다. 나는 그렇게 고상하고 상냥한 태도는 생전 처음 보았다. 그는 퀘이커교도들

* 1739년판에 볼테르가 덧붙인 주석에 따르면 이 사람은 웨이머스 출신의 상인 앤드루 피트(Andrew Pitt)다. 그는 볼테르가 프랑스로 귀국한 뒤에도 서신을 교환했고 1736년 햄스테드에서 사망했다.

이 으레 그렇듯이 양옆에 주름을 잡지 않은 윗옷을 입고 있었는데, 주머니와 소매에는 단추도 달려 있지 않았고 모자 역시 성직자처럼 넓은 챙이 아래로 처진 것을 쓰고 있었다. 그는 모자를 쓴 채로 내 쪽으로 다가오면서, 절은커녕 고개도 까딱하지 않았다. 하지만 격의 없고 인간미 넘치는 얼굴 표정만으로도 충분했다. 다리를 뒤로 빼면서 머리 덮개를 손에 쥐는 동작보다 훨씬 더 큰 공손함이 나타나 있었기 때문이다. "친구여," 그가 말했다. "보아하니 외국인인 듯하군. 뭐든지 내가 도움이 될 수 있다면 서슴지 말고 얘기해보게." "선생님," 나는 우리의 관습대로 몸을 숙이고 한 발을 미끄러지듯 앞으로 내밀며 말했다. "제 호기심을 언짢게 생각하지 마시고 선생님의 종교에 대해 제게 좀 가르쳐주시기 바랍니다." 그러자 그는 "자네 나라 사람들은 인사치레와 절을 너무 과하게 하는구먼. 하지만 자네처럼 호기심이 왕성한 사람은 본 적이 없네. 일단 들어와서 함께 식사부터 하세" 하고 말했다. 나는 또다시 시답잖은 인사치레를 늘어놓았다. 그런 습관은 단숨에 고쳐지지 않기 때문이다. 기도로 시작해 기도로 끝나는 정갈하고 소박한 식사를 마친 후, 나는 그에게 묻기 시작했다. 첫 질문은 천주교 신자들이 개신교도들을 만나면 으레 하는 질문이었다. "선생님, 영세를 받으셨습니까?" "아니, 내 동료들도 아무도 안 받았네." 퀘이커교도가 대답했다. "아니, 이런 제기랄, 그럼 당신들은 기독교인이 아니란 말입니까?" 나는 대꾸했다. "여보게," 그가 온화한 목소리로 말했다. "욕실을 입에 담으면 안 되지. 우린 기독교인이니 교인답게 굴어야지. 어쨌든 우리는 기독교가 머리에 소금을 뿌리며 찬물을 들이붓는 것이라고는 생각하지 않는다네." "아, 빌어먹을!" 나는 이 불경스러운 말에 발끈했다. "예수그리스도께서 요한에게 세례받으신 것을 잊었단 말입니까?" "친구여, 욕하지 말라니까." 그가 여전히 온화하게 말했다. "그리스도께서는 요한의 세례를 받으셨지만 아무에게도 세례를 주지 않으셨어. 그런데 우린 요한의 제자가 아니라 그리스도의 제자거든." "아아!" 나는 말을 이었다. "당신이 종교재판을 하는 나라에서 태어났다면 화형당했을 겁니다. 가엾은 양반!…… 자, 당신에게 세례를 주어 기독교인으로 만들어야겠어요." "자네가 정 원한다면 못할 것도 없지." 그는 진지하게 말을 받았다. "우린 세례를 받았다고 해서 비난하거나 벌주지는 않아. 하지만 완벽하게 신성하고 영적靈的인 종교를 신봉하는 자라면 유대교의 의식을 삼가야 하지." "아니, 이건 또 무슨 소리야, 유대교 의식이라니!" 나는 놀라 소리쳤다! "그렇다네." 그가 말했다. "유대인 중에는 오늘날에도 요한의 세례를 행하는 자들이 있어. 고대 문헌을 연구해보게. 세례는 요한 이전에 이미 존재하던 유대인들의 오랜 관습이야. 메카 순례가 이슬람교도들의 오랜 관습인 것과 마찬가지지. 그러니 요한은 오랜 관습을 부활시킨 것뿐이야. 그리스도께서는 할례를 받으신 것처럼 요한의 세례도 기꺼이 받으셨지. 하지만 할례와 세수 의식을 모두 폐지하고 그리스도의 세례로 바꿔야 해. 이 영적인 세례, 영혼의 세정이야말로 인간을 구원하니까 말이지. 그래서 선구자 요한은 이렇게 말했어. '나는 물로 세례를 베풀거니와 내 뒤에 오시는 이는 나보다 능력이 많으시니 나는 그의 신을 들기도 감당하지 못하겠노라. 그는 성령과 불로 너희에게 세례를 베푸실 것이요.'* 또한 이방인의 위대한 사도 바오로는 「고린도전서」에서 이렇

* 「마태복음」 3:11.

게 썼어. '그리스도께서 나를 보내심은 세례를 베풀게 하려 하심이 아니요 오직 복음을 전하게 하려 하심이로다.'* 그래서 바오로는 물로는 단 두 사람에게만 세례를 주었는데 그것도 마지못해 한 거야. 그는 제자인 디모데에게 할례를 베풀었고, 다른 사도들도 원하는 사람 모두에게 할례를 베풀었어. 자네도 할례를 하였는가?" 그가 물었다. 나는 그런 영광을 갖지 못했노라고 대답했다. "그럼 친구, 자네는 할례하지 않은 기독교인이고 나는 세례받지 않은 기독교인이야." 그가 말했다.

그는 이런 식으로 자기 종파에 유리한 성서 서너 구절을 제멋대로 해석했다. 그러나 그 반대되는 수백 개의 구절들이 있다는 사실은 깡그리 잊어버렸다. 나는 그에게 이의를 제기하지 않았다. 광신자와 싸워봤자 전혀 득 될 게 없으니까. 남자에게 애인의 흠을 들추는 것, 소송중인 사람에게 소송 사안의 약점을 지적하는 것, 그리고 광신자에게 이성을 논하는 것은 절대로 하지 말아야 한다. 그래서 나는 다른 질문으로 넘어갔다. "영성체는 어떻게 하세요?" 내가 물었다. "우린 그런 것 안 해." 그가 대답했다. "아니! 영성체를 안 한다고요?" "그래, 그냥 마음으로만 하지." 그는 또 성서를 인용하여 영성체에 반대하는 일장 설교를 늘어놓았다. 열렬한 어조로 성사聖事란 모두 인간이 만들어낸 것이라면서 성사라는 말은 복음서에 단 한 번도 등장하지 않는다고 주장했다. "내가 무식해서 미안하이. 우리 종교의 근거를 백분의 일도 제시하지 못했으니까. 하지만 로버트 바클리**가 쓴 우리의 신앙 안내서를 보면 잘 나

* 「고린도전서」 1:17.

** 1647~1690. 스코틀랜드 신학자. 퀘이커교도의 교의를 계통화한 『퀘이커교도의 참된 그리스도교적 신성 옹호』(1675) 등 많은 저술을 남겼다.

와 있어. 이 책은 인간이 쓴 책 중 최고의 책이야. 우리를 반대하는 사람들은 이 책이 매우 위험하다고 하는데 그건 달리 말하면 매우 적확하다는 뜻이지." 나는 그에게 그 책을 읽어보겠노라고 약속했다. 그러자 그는 내가 벌써 개종이라도 한 듯이 생각했다.

그러고는 다른 사람들로부터 멸시받는 자기 종파의 이상한 관습에 대해 간단하게 해명했다. "자네가 오만 가지 인사치레를 할 때, 나는 계속 머리에 모자를 쓴 채 반말을 썼지. 아마 자네는 웃음을 참느라 힘들었을 거야. 하지만 자네는 교육을 많이 받은 사람이니 익히 알지 않나. 그리스도의 시대에는 어느 나라에서도 단수 대신 복수를 쓰지 않았지.* 아우구스투스에게도 이렇게 얘기했어. '나는 자네를 사랑해. 자네에게 부탁하건대, 자네에게 감사해.' 아우구스투스는 다른 사람들이 자기에게 '귀하'라든가, '주군'이라고 부르는 것조차도 허용하지 않았지. '자네' 대신 '당신'을 쓰기 시작한 건 그후 오랜 세월이 흐른 후였어. 마치 한 사람이 두 개의 몸뚱이를 갖고 있기라도 한 것처럼 말이지. 그와 함께 각하, 예하猊下**, 성하聖下*** 같은 뻔뻔스러운 칭호도 쓰기 시작했지. 땅의 버러지인 주제에 다른 버러지에게 그런 말을 썼어. 게다가 자기들이 그들의 매우 천하고 매우 충실한 종복이라고 하면서 말이야. 그건 겉으로는 깊은 존경심을 표하는 것이지만 실제로는 비열한 위선에 불과해. 바로 이런 비열한 거짓말과 아첨을 경계하기 위해서 우리는 왕

---

* 프랑스어에서 2인칭 단수 'tu'는 '너, 자네'인 데 반해 2인칭 복수 'vous'는 존댓말인 '당신'으로 쓰인다.

** 추기경을 높여 부르는 말.

*** 교황을 높여 부르는 말.

과 구두장이를 똑같이 '자네'라고 부르고 아무에게도 절을 안 하는 거야. 우리는 인간에 대해 존경심이 아니라 자비심만을 가지고 있다네. 우리가 존경하는 것은 법뿐이야.

우리는 다른 사람들과 좀 다른 옷을 입어. 그들과 닮지 않게 계속 경계하기 위해서지. 다른 사람들의 옷은 고귀한 신분을 드러내지만 우리 옷은 기독교인의 겸손을 나타낸다네. 우리는 오락 모임과 공연과 도박을 가까이하지 않아. 하느님의 거처인 우리 마음을 그런 시시한 걸로 채울 수는 없으니까. 우리는 절대로 신의 이름을 걸고 맹세하지 않네. 법정에서도 마찬가질세. 인간들의 천한 다툼 때문에 높디높은 신의 이름을 더럽혀서는 안 되니까. 우리가 재판관 앞에 출두하는 건 다른 사람들 일 때문인데(우리는 절대로 소송을 안 하니까), 그때도 우리는 그냥 '네' '아니요'로만 대답하지. 그래도 재판관들은 우리 말을 믿어. 하지만 기독교도 중에는 성경에 맹세하고도 거짓말을 하는 사람이 많아. 우리는 절대로 전쟁에 나가지 않아. 물론 죽음이 두려워서 그런 건 아냐. 오히려 우린 하느님께 가는 그 순간을 축복하지. 하지만 우리는 늑대나 호랑이, 혹은 개가 아니야. 인간, 그중에서도 기독교도지. 하느님께서는 원수를 사랑하라고 가르치시고, 불평 없이 고통을 인내하라고 하셨어. 그러니 하느님은 분명 우리가 바다를 건너가 우리 형제들을 죽이는 걸 원하지 않으실 테지. 붉은 군복을 입고 두 자나 되는 높은 군모를 쓴 살인마들이 팽팽한 당나귀 가죽을 작은 막대기 두 개로 치면서 시민들을 징집한다는 그 이유만으로 말이야. 그래서 승전을 축하하느라 런던 전체가 휘황찬란한 등불로 뒤덮이고, 불꽃놀이가 하늘을 수놓고, 신에 대한 기도와 종소리와 오르간 소리, 대포 소리가 울려퍼지며 모두들 환희에 들떠 있을 때, 우리는 살인을 한탄하며 조용히 눈물짓는 걸세."

편지 2
퀘이커교도에 관하여

이것이 내가 그 이상한 사람과 나눈 대화다. 그다음 일요일, 그는 놀랍게도 나를 데리고 퀘이커 교회에 갔다. 런던에는 퀘이커 교회가 여럿 있다. 내가 간 곳은 사람들이 '모뉴먼트'라고 부르는 유명한 기둥 근처에 있었다.* 내가 나의 인도자와 함께 들어갔을 때 그들은 벌써 모여 있었다. 회당에는 약 400명의 남자와 300명의 여자가 있었다. 여자들은 부채로 얼굴을 가리고 있었고, 남자들은 챙이 넓은 모자를 쓰고 있었다. 그들은 모두 깊은 침묵에 잠긴 채 앉아 있었다. 내가 그들 사이

* Monument to the Great Fire of London. 런던 다리 근처에 있는 기둥으로 1666년의 런던 대화재를 기념하기 위해 찰스 2세의 명에 의해 세워졌다. 실제로 볼테르가 런던에 살던 시절, 이 근처, 그레이스처치 스트리트에는 신교 교회가 하나 있었다. 그 교회의 이름은 화이트하트 야드 미팅(Whitehart Yard Meeting)이다.

로 지나갈 때 단 한 명도 나를 보려고 눈을 치뜨지 않았다. 약 15분 동안 이렇게 조용히 있더니 마침내 그들 중 한 명이 일어나 모자를 벗고 얼굴을 찡그린 채 한숨을 쉬더니, 자기로서는 복음서 인용이라고 생각하겠지만 정작 누구도 알아듣기 힘든 말을 반은 입으로, 반은 코로 횡설수설했다. 이 찡그리기 선수가 멋진 독백을 마치자 회중은 모두 감화하여 멍청한 얼굴로 뿔뿔이 흩어졌다. 나는 내 인도자에게 왜 현명한 사람들이 그런 바보짓을 용인하느냐고 물었다. 그러자 그가 대답했다. "어쩔 수가 없네. 일어서서 말하는 사람에게 성령이 임하셨는지 아니면 광기가 들었는지 아무도 알 수 없으니까 우리는 잠자코 들을 수밖에. 우리는 여자들에게도 발언권을 허용해. 때때로 두세 명이 동시에 영감을 받는 경우도 있는데 그럴 때면 주님의 집이 매우 소란해지지." "그럼 사제는 없습니까?" 내가 물었다. "없다네, 친구." 퀘이커교도가 말했다. "다행히도. 다른 모든 신자를 제쳐놓고 특정한 한 사람에게 일요일마다 성령을 맞이하라고 명령할 수는 없는 것 아닌가. 하늘의 가호로 우리에게는 사제가 없네. 이 세상에서 사제가 없는 유일한 종파지. 이런 고마운 은혜를 어찌 빼앗기겠나? 어머니의 젖이 있는데 왜 고용된 유모에게 아이를 맡기겠나? 만일 그렇게 되면 얼마 안 있어 돈 때문에 일하는 사람들이 집을 지배하고 어머니와 아이를 못살게 굴 걸세. 주님께서 말씀하셨네. '거저 받았으니 거저 주라.'* 이런 말씀이 있었는데도 복음을 흥정하고 성령을 팔고 기독교도의 모임을 장터로 만들겠나? 우리는 가난한 사람들을 돕고, 죽은 자를 매장하고, 신자들에게 설교하는 일을

* 「마태복음」 10:8.

검은 옷을 입은 사람들에게 돈 주고 맡기지 않네. 그런 신성한 일은 너무 중요해서 다른 사람에게 맡길 수가 없어."

"하지만 당신들의 말이 성령의 감화인지 아닌지 어떻게 압니까?" 나는 따져물었다. "누구든지 하느님께 빛을 간구하는 자, 가슴으로 느낀 복음의 진실을 이야기하는 자는 분명히 하느님의 계시를 받은 거야." 그가 말했다. 그러고는 수많은 성경 구절을 인용했는데 이 구절들은 직접적인 계시 없는 기독교는 없다는 것을 증명한다고 그가 말했다. 이어 그는 다음과 같이 놀라운 말을 덧붙였다. "자네 팔다리 가운데 어느 하나를 움직일 때 그걸 움직이는 건 자네 자신의 힘일까? 물론 아니지. 왜냐하면 때로 그것은 자네 의지와는 관계없이 움직이기도 하니까. 그러니까 자네 육체를 창조하신 분이 흙으로 만든 이 육체를 움직이는 거라네. 그럼 자네 영혼이 받아들이는 생각은 자네가 만든 건가? 그건 더더구나 아니지. 왜냐하면 그건 자네 뜻과 상관없이 떠오르니까. 그러니까 자네에게 생각을 주는 분은 자네 영혼의 창조자인 거지. 하지만 그분은 자네에게 심성의 자유를 주시면서 자네 영혼에 자네의 심성에 맞는 생각을 불어넣으셨어. 자네는 하느님 안에서 살고, 행동하고, 생각한다네. 따라서 자네는 모든 사람을 비추는 이 빛에 눈을 뜨기만 하면 되네. 그럼 자네는 진리를 보고, 또다른 사람에게 보여줄 수도 있을 거야." "아이고! 이건 말브랑슈 신부* 그대로잖아!" 나는 외쳤다. "나도 말브랑슈를 알아. 그 사람도 약간은 퀘이커교도라고 할 수 있지. 하지만 충분하지는 못했어." 그가 말했다. 이것이 퀘이커교의 교의에 관

---

* 니콜라 말브랑슈(1638~1715). 프랑스 신학자, 철학자로 세상의 모든 일은 신의 작용에 의해 일어난다는 기회원인론(機會原因論)을 주창했다.

해 내가 배운 가장 중요한 것들이다. 다음 편지에는 그들의 역사를 다룰 것인데, 사실 그들의 역사는 교리보다도 더 독특하다.

편지 3
퀘이커교도에 관하여

우리가 앞에서 살펴보았듯이 퀘이커교도들은 퀘이커교가 예수그리스도로부터 시작되었으며, 그리스도가 최초의 퀘이커교도라고 주장한다. 이들에 의하면 이 종교는 예수 사후에 곧바로 타락하여 약 1600년간 타락한 채로 있었다. 그러나 그동안에도 몇몇 퀘이커교도들이 꺼져가는 신성한 불씨를 은밀히 간직해왔고 마침내 1642년* 영국에서 그 불꽃이 퍼져나가게 되었다.

당시 영국에서는 서너 개의 종파가 신의 이름으로 내전을 벌이고 있었다. 그 와중에 레스터 백작령 출신 견직공의 아들인 조지 폭스가 설

* 볼테르는 1722년에 영어로 번역된 윌리엄 슈얼의 『퀘이커교의 역사』를 참조했다. 그러나 슈얼이 퀘이커교의 기원으로 삼은 1649년과 영국 내전의 발발 연도인 1642년을 혼동하는 실수를 범했다.

교를 하겠다고 나선 것이다. 그는 자신의 설교가 진정한 사도의 설교라고 주장했다. 왜냐하면 그는 글을 쓸 줄도 읽을 줄도 몰랐기 때문이다. 그때 그는 25세의 젊은이로 품행은 나무랄 데 없었지만 신앙에 미쳐 있었다. 그는 머리부터 발끝까지 가죽으로 만든 옷으로 몸을 감싼 채 마을을 돌아다니면서 전쟁 반대, 성직자 반대를 외쳤다. 만일 그가 전쟁만 반대했더라면 별문제가 없었겠지만 성직자도 공격했기 때문에 곧 감옥에 갇히게 되었다. 사람들이 그를 더비의 치안판사 앞으로 끌고 갔을 때 폭스는 머리에 쓴 가죽 모자를 벗지 않았다. 그것을 본 순경이 그의 뺨을 세게 갈기면서 말했다. "이놈아, 감히 어느 안전이라고 모자를 쓰고 있는 거냐?" 그러자 폭스는 순경에게 다른 쪽 뺨을 내밀면서 한 대 더 때려달라고 했다. 더비의 판사는 심문을 시작하기 전에 그에게 선서를 하라고 했다. 그러자 폭스는 이렇게 말했다. "친구여, 알아두라, 나는 하느님의 이름을 결코 헛되이 부르지 않는다." 폭스에게 반말을 들은 판사는 그에게 태형笞刑을 선고한 다음, 그를 더비의 광인 수용소로 보냈다. 그는 신을 찬양하며 정신병원으로 갔고, 그곳 사람들은 판사의 판결을 엄정하게 집행했다. 그에게 태형을 가한 자들은 완전히 놀라버렸다. 그가 자신의 영혼을 위해 몇 대 더 때려달라고 부탁했던 것이다. 형리들은 다시 매질을 시작했고, 매를 두 배로 맞은 폭스는 그들에게 감사의 인사를 한 다음 설교를 시작했다. 사람들은 처음에는 그를 비웃었다. 그러나 차츰 그의 말에 귀를 기울이기 시작했다. 열광은 전염되기 쉬운 병이어서 몇몇 사람들은 곧 그의 말에 감화되었고, 그를 때린 형리들은 그의 첫 제자가 되었다.

감옥에서 풀려난 그는 열두어 명의 개종자와 함께 여기저기 돌아다니며 성직자들을 공격했고, 때때로 채찍을 맞기도 했다. 어느 날, 그는 머리에 칼을 쓰고 묶이게 되었는데 그 상태로 그곳에 모인 사람들에게 열렬히 설교했다. 그 설교를 들은 사람 중 오십여 명이 개종했고, 나머지 사람들도 그의 편이 되어 우르르 달려들어서는 그의 머리를 칼에서 빼냈다. 그러고는 그에게 이런 형을 내리게 사주한 성공회 신부에게 달려가 폭스 대신 그에게 칼을 씌웠다.

크롬웰의 군사들 중에도 개종자가 생겨났다. 그들은 군인 노릇을 그만두고 선서를 거부했다. 크롬웰은 싸우지 않는 종파를 원하지 않았다. 식스투스 5세가 성교하지 않는 종파*의 장래가 어둡다고 생각한 것과 마찬가지로 말이다. 그래서 크롬웰은 이들을 박해하여 감옥으로 보냈다. 그러나 원래 신앙에 관한 한 박해는 신앙심을 더욱 공고하게 만드는 역효과만 낼 뿐이다. 실제로 그들은 더욱 열렬한 신자가 되어 감옥을 나왔고, 그들이 개종시킨 간수들이 그 뒤를 따랐다. 그렇지만 이 종파의 확산에 가장 큰 기여를 한 것은 다음과 같은 사실이다. 폭스는 자신에게 성령이 깃들었다고 믿었기에 말하는 모습도 다른 사람과 달라야 한다고 생각했다. 그래서 그는 몸을 부들부들 떨고, 사지를 비틀고, 얼굴을 찌푸리고, 숨을 참았다가 단번에 토해냈다. 델포이 신전의 여사제라도 이보다 잘할 수는 없었을 것이다. 그는 이렇게 성령을 불러내는 말하기 방식을 단기간에 완전히 습득했고, 이후로는 다른 방식으로 말할 수 없게 되었다. 이것이 그가 제자들에게 전해준 첫번째 재능

---

* dove non si chiavava. 이탈리아어 동사 'chiavare'는 '성교하다'라는 뜻도 지니는데 일부 해석자들은 '열쇠를 걸다'라는 뜻으로 해석하여 이 문장을 문을 걸어 잠그고 교황을 선출하는 '콘클라베'와 연결시키기도 했다.

이었다. 제자들은 스승의 온갖 찡그림을 열심히 따라 했고, 성령이 임하면 있는 힘을 다하여 온몸을 떨었다. 이 때문에 그들은 떠는 사람이라는 뜻의 '퀘이커'라 불리게 되었던 것이다. 사람들은 재미삼아 그들을 흉내냈다. 사람들은 몸을 떨며 코로 말하고 경련을 일으키면서 성령이 임하였다고 믿었다. 이제 기적이 필요했고, 그래서 그들은 기적을 만들었다.

어느 날, 많은 회중이 모인 공개적인 자리에서 지도자 폭스는 한 치안판사에게 이렇게 말했다. "친구여, 조심하게. 성인聖人들을 박해한 죄로 하느님께서 곧 벌을 내리실 테니." 판사는 매일 고주망태가 되도록 맥주와 브랜디를 마셔대는 술고래였는데 이틀 후, 퀘이커교도 몇 명을 감옥으로 보내는 영장에 서명한 직후 뇌졸중으로 죽었다. 사람들은 모두 이 갑작스러운 죽음이 판사의 폭음 탓이 아니라 그 성스러운 사람의 예언 때문이라고 생각했다.

이 죽음은 수천 번의 설교나 경련보다 더 많은 퀘이커 신자를 만들어냈다. 크롬웰은 날이 갈수록 퀘이커 신자 수가 늘어나는 것을 보고는 그들을 자기편으로 만들려고 했다. 그래서 금전을 제의했지만 그들은 딱 잘라 거절했다. 후에 크롬웰은 이 종파야말로 돈으로 살 수 없었던 유일한 종파라고 말했다.

퀘이커교도들은 찰스 2세 치하에서도 때때로 박해를 받았다. 그러나 그것은 신앙 때문이 아니라 성직자에게 십일조를 내지 않고, 법관에게 반말을 하고, 법이 명하는 선서를 거부했기 때문이었다.

마침내 스코틀랜드 사람 로버트 바클리가 1675년에 『퀘이커교도의 참된 그리스도교적 신성 옹호』라는 대단히 훌륭한 책을 국왕에게 헌상

獻上했다. 찰스 2세에게 바친 헌사에는 저급한 아부가 아니라 대담한 진실과 올바른 충언이 담겨 있다.

이 편지의 말미에서 그는 왕에게 이렇게 말했다. "그대는 기쁨과 슬픔을 맛보았고, 번영과 크나큰 불행을 경험했다. 지금 통치하는 이 나라에서 쫓겨나 압제의 무게를 몸소 느끼기도 했다. 그러니 신과 인간 앞에서 압제자가 얼마나 가증스러운 존재인지 알 것이다. 그처럼 많은 시련과 은총에도 불구하고 그대가 냉혹한 마음을 먹는다면, 그리고 역경 속의 그대를 기억하신 하느님을 잊는다면 그대의 죄는 그만큼 더 커지고, 그에 대한 벌 또한 더 끔찍해질 것이다. 그러므로 궁정에서 아첨꾼들의 말 대신 결코 아부하지 않는 그대 양심의 소리에 귀를 기울여라. 나는 그대의 충실한 친구이자 신하인 바클리다."

그런데 더 놀라운 것은 한 이름 없는 백성이 국왕에게 쓴 이 편지가 효력을 발휘하여 박해가 멈추었다는 사실이다.

편지 4
퀘이커교도에 관하여

대략 이 무렵에 유명한 윌리엄 펜이 나타나서 미국에 퀘이커 세력을 확립했다. 만일 사람들이 우스꽝스러운 겉모습 아래 감추어진 내면의 미덕을 존중할 줄 알았더라면 그는 퀘이커교도들이 유럽에서도 존중받도록 만들었을 것이다. 그는 영국의 부제독이며 후에 제임스 2세로 등극한 요크 공*의 총신인 윌리엄 펜 경의 외아들이었다.

윌리엄 펜은 옥스퍼드대학 학생이던 15세 때 그곳에서 퀘이커교도를 만나 감화를 받았다. 그는 활달하고 천성적으로 달변가인데다 외모와 행동거지가 매우 고상해 곧 몇몇 동료의 마음을 얻었고 어느 틈에 자기 집에서 젊은 퀘이커교도 모임을 주재하게 되었다. 이리하여 그는

* 영국 찰스 1세의 둘째 아들로 형인 찰스 2세의 뒤를 이어 1685년 즉위했다. 로마가톨릭을 옹호하고 절대왕정을 꿈꾸다가 명예혁명으로 1689년 퇴위했다.

16세에 종파 지도자가 되었다.

대학을 마치고 부제독인 아버지 집으로 돌아간 그는 영국 관습대로 아버지 앞에 무릎을 꿇고 축복을 청하지 않고 머리에 모자를 쓴 채로 다가가서 이렇게 말했다. "친구여, 그대가 건강한 것을 보니 무척 기쁘네." 부제독은 자기 아들이 미쳤다고 생각했다가 얼마 후, 그가 퀘이커교도가 된 것을 알았다. 그는 사려분별 있는 인간이 할 수 있는 모든 방법을 다 동원하여 아들을 보통 사람처럼 만들려고 했다. 하지만 아들은 도리어 아버지를 퀘이커교로 개종시키려 들었다.

마침내 아버지 쪽이 양보하여, 국왕과 요크 공작을 알현할 때 모자를 벗어 겨드랑이에 끼고 반말만 하지 않는다면 더이상은 요구하지 않겠다고 했다. 윌리엄이 그런 건 양심이 허락하지 않는다고 대답하자 아버지는 격노하고 절망하여 아들을 집에서 내쫓아버렸다. 아들 펜은 이렇게 빨리 신앙을 위해 시련을 겪을 기회를 주신 하느님께 감사하며 설교하러 런던으로 갔고, 거기서 많은 개종자를 만들었다.

목사들의 설교는 매일매일 신앙의 빛을 퍼뜨린다. 게다가 펜은 젊고, 미남에 풍채도 좋았으므로 귀족과 시민계급 여성들이 다 같이 그의 설교를 들으러 우르르 몰려왔다. 조지 폭스 교주도 그의 명성을 듣고 시골구석에서 런던으로 찾아왔다. 두 사람은 외국에 포교를 하기로 결정했다. 그들은 런던의 포도밭을 돌볼 충분한 일꾼을 남겨두고*, 네덜란드로 갔다. 그들은 암스테르담에서 성공을 거두었다. 그러나 가장 영광스러운 일은 팔츠의 엘리자베스 공주**를 알현한 일로, 이 때문에 그들

* 「마태복음」 20장 참조.

** 프리드리히 5세와 제임스 1세의 딸 엘리자베스 스튜어트의 장녀(1618~1680).

의 겸손은 위험에 처했을 수도 있다. 그녀는 영국 왕 조지 1세*의 이모로 재치 있고 학식이 높은 것으로 유명했다. 데카르트는 그녀에게 철학 소설을 헌정했다.**

그녀는 당시 은퇴해 머물던 헤이그에서 '그 친구들'을 만났다. 당시 네덜란드에서는 퀘이커교도들을 '친구들'이라고 불렀다. 그녀는 그들과 여러 번 회합을 가졌고, 그들은 그녀의 거처에서 자주 설교를 했다. 그들은 그녀를 완전한 퀘이커교도로 만들지는 못했지만 적어도 그녀가 하느님의 왕국에서 멀지 않은 곳에 있다고 인정할 정도는 되었다.

그들은 독일에도 씨를 뿌렸지만 수확은 시원찮았다.*** 그곳 사람들은 '전하' '각하' 따위의 말을 입에 달고 사는 까닭에 반말을 좋아하지 않았던 것이다. 얼마 후, 펜은 아버지의 병환 소식을 듣고 영국으로 돌아와 그의 임종을 지켰다.**** 펜의 아버지는 종교적 차이에도 불구하고, 아들과 화해한 뒤 다정하게 그를 껴안았다. 아들은 아버지에게 성사聖事를 받지 말고 퀘이커교도로서 죽으라고 권고했지만 허사였다. 아버지는 아버지대로 윌리엄에게 소매에 단추를 달고 모자에 장식 끈을 달라고 했지만 별무소득이었다.

---

* 1714년 앤 여왕이 후사 없이 타계해 왕위계승권은 제임스 1세의 손녀인 하노버 선제후비 소피아(1630~1714)에게 돌아가 그녀의 아들이 조지 1세(1660~1727)로 즉위해 영국에 하노버 왕가를 열었다.

** 『철학원리*Les Principes de la philosophie*』(1647)를 말한다.

*** 펜과 팔켄슈타인(Falkenstein) 백작의 만남에 대한 언급이다. 백작은 퀘이커교도들의 매너가 마음에 들지 않아 이들을 자기 영지에서 내쫓았다.

**** 볼테르의 오류. 윌리엄 펜 경은 아들 윌리엄이 네덜란드로 떠나기 전인 1670년에 사망했다.

윌리엄은 막대한 재산을 상속받았는데 그중에는 국왕에게서 받을 돈도 있었다. 해군 부제독인 아버지가 대납한 해양원정 비용이었다. 국왕의 빚만큼 불확실한 것도 없었다. 그래서 펜은 여러 번 찰스 2세와 그의 재상들을 찾아가 반말로 빚 독촉을 해야만 했다. 1680년, 정부는 금전 대신 미국 메릴랜드주 남쪽의 한 지방에 대한 소유권과 통치권을 그에게 주었다.* 이렇게 하여 퀘이커교도가 한 지방의 군주가 되었다. 그는 자신을 따르는 퀘이커교도들을 태운 두 척의 배와 함께 새 영토로 출발했다. 사람들은 펜의 이름을 따 그때부터 그곳을 펜실베이니아라고 불렀다. 그는 그곳에서 필라델피아라는 도시를 세웠는데 현재 그곳은 매우 번성하고 있다. 그는 이웃의 원주민들과 동맹을 맺는 일부터 시작했다. 이 협정은 이들 종족과 기독교도들 사이에 맺은 조약 중 서약을 하지 않은, 그리고 위반한 적이 없는 유일한 조약이다. 이 새로운 군주는 또한 펜실베이니아의 입법자이기도 했다. 그는 매우 현명한 법을 제정했기 때문에 그후에 어떤 수정도 가해지지 않았다. 첫째가는 법은 어떤 사람도 종교 때문에 박해를 받아서는 안 되며, 신을 믿는 모든 사람을 형제로 여겨야 한다는 것이었다.

그가 정부를 수립하자 미국의 여러 지역에서 상인들이 속속 몰려들었다. 원주민들은 숲속으로 도망가지 않았고 평화로운 퀘이커교도들과 서서히 친해졌다. 그들은 파괴적인 미국의 여타 기독교 정복자들을

* 볼테르의 오류. 펜실베이니아는 메릴랜드주의 남쪽이 아니라 북쪽에 있다. 1680년 혹은 1681년 3월 4일자(당시 영국의 새해는 4월에 시작했으므로) 공개장에서 찰스 2세는 윌리엄 펜에게 "델라웨어강 서쪽 지방, 즉 '뉴 네덜란드'라고 불리던 과거의 네덜란드 영토"를 준다고 했다. 또한 후에 윌리엄 펜의 이름을 따서 그 지방 이름을 펜실베이니아라고 바꾸어주었다.

매우 미워했던 만큼, 이 새로운 이주자들을 아주 좋아했다. 얼마 되지 않아 소위 야만인이라고 불리던 많은 원주민들이 이웃인 퀘이커교도들의 온화함에 매료되어, 무리를 지어 윌리엄 펜에게 와서 자신들을 신하로 받아달라고 요청하기에 이르렀다. 모든 사람이 군주에게 모자를 쓴 채 반말로 얘기하는 광경은 이제껏 본 적 없는 것이었다. 사제가 없는 정부, 무기가 없는 국민, 사법관을 제외하고는 모두가 평등한 시민, 서로 질투하지 않는 이웃들 역시 매우 새로운 현상이었다.

윌리엄 펜은 지상에 황금시대를 열었다고 자랑할 만했다. 모든 사람 입에 그토록 회자되는 이 황금시대는 어쩌면 펜실베이니아에만 존재했던 것인지도 모른다. 찰스 2세 사후, 펜은 자신의 새 조국의 일로 영국에 돌아왔다. 펜의 아버지를 총애하던 제임스 2세는 그 아들 역시 총애하여, 펜을 이름 없는 교파의 신도가 아니라 매우 중요한 인물로 대우했다. 마침 그것은 국왕의 정책과도 부합했다. 국왕은 성공회 신자가 아닌 사람들에게 불리하게 만들어진 법을 폐지하여 퀘이커교도의 환심을 사는 동시에 구교를 부활시키려고 했다. 그러나 영국의 모든 교파는 그 책략을 간파하고 그렇게 흘러가도록 놓아두지 않았다. 그들은 공동의 적인 구교에 반대하기 위해 언제고 힘을 모았다. 그러나 펜은 자신을 총애하는 왕에 맞서면서까지 자신을 싫어하는 신교도들을 돕기 위해 자신의 원칙을 포기해야 한다고 생각하지 않았다. 그는 미국에서 신앙의 자유를 확립했고, 유럽에서 그 자유가 파괴되는 것을 보고 싶지 않았다. 그러므로 그는 제임스 2세에게 변함없이 충성을 바쳤고, 그 때문에 예수회교도라는 비난을 받았다. 그는 이러한 비방 때문에 매우 괴로워했으며 자신을 정당화하기 위해 글을 써서 발표해야만 했다. 그런데 스튜어트 왕가 사람들이 대부분 그렇듯이 불쌍한 제임스 2세 또한 위대함과 나약함이 공존하는 인물이어서, 때로는 너무 지나친 행동을 했고 때로는 너무 우유부단한 모습을 보였다. 그러다가 그는 어찌된 영문인지도 모른 채 왕국을 잃고 말았다.

영국의 모든 종파는 제임스 2세로부터 받기를 거부했던 종교의 자유를 윌리엄 3세*와 의회로부터 받게 되었다. 이때부터 퀘이커교도들은 그들이 지금 누리는 모든 특권을 법률로 보장받게 된 것이다. 자신의 종파가 조국에서 마침내 확실한 입지를 확보한 것을 본 펜은 펜실베이니아로 돌아갔다. 그의 부하들과 아메리카 원주민들은 기쁨의 눈물을 흘리며 마치 자식을 만나러 온 아버지를 맞이하는 양 그를 맞이했다. 그가 없는 동안에도 그가 만든 모든 법률은 종교처럼 지켜지고 있었는데, 그 이전의 어떤 입법자에게서도 볼 수 없던 일이었다. 그는 필라델피아에서 살다가 몇 년 후, 펜실베이니아의 상업을 위한 새로운 특전을 청원하기 위해 할 수 없이 런던으로 갔다. 이후, 그는 매우 노령에 달할 때까지 런던에 살면서 주민의 지도자이자 종교 지도자로 존경을 받았다. 그가 죽은 것은 1718년의 일이다.

펜실베이니아의 소유권과 통치권은 그의 자손들에게 주어졌다. 그러나 그들은 1만 2천 파운드를 받기로 하고 국왕에게 통치권을 팔았다.** 그런데 국왕은 사정상 1천 파운드밖에 지불하지 못했다. 어쩌면 프

---

* 명예혁명으로 폐위된 제임스 2세의 뒤를 이어 1689년 메리 2세와 공동 즉위해 양당 의회정치의 기틀을 마련했다. 1702년 사망해 메리 2세의 친동생 앤 여왕에게 왕위가 승계되었다.

** 첫번째 매매 시도는 1711년과 1712년에 걸쳐 이루어졌다. 1778년, 이 매매는 무효가 되었고, 펜의 가족의 권리는 13만 파운드에 매도되었다.

랑스 독자들은 정부가 나머지 금액을 약속만 해놓고 그냥 통치권을 집어삼켰으리라고 생각할지도 모르겠다. 전혀 그렇지 않다. 국왕이 정해진 기한 내에 잔금을 지불하지 못하자 계약 무효가 선고되었고 펜 일족은 통치권을 되찾았다.

나는 장래에 미국 퀘이커교도들의 종교적 운명이 어떻게 될지 짐작할 수 없다. 하지만 런던에서는 하루하루 쇠퇴해가고 있는 듯하다. 어느 나라에서나 지배적인 종교는 다른 종교를 박해하거나, 그렇지 않더라도 장기적으로는 결국 모두 집어삼키고 만다. 퀘이커교도들은 의회의 의원이 될 수 없고 어떠한 공직도 맡을 수 없었다. 그런 직책을 맡으려면 선서를 해야 하는데 그들은 선서를 거부하기 때문이다. 그래서 그들은 상업으로 돈을 벌 수밖에 없는데, 아버지가 열심히 일해 돈을 벌어놓으면 그 자식들은 그 돈으로 즐기고, 영예를 누리고, 단추와 소매 장식을 달고 싶어한다. 그들은 퀘이커교도라고 불리는 것을 부끄러워하는데다 유행을 좇아 개신교도가 된다.

편지 5

영국국교회에 관하여

이곳은 다양한 종파의 나라다. 영국인은 자유인답게 자기 마음에 드는 길을 따라 천국에 간다.

이처럼 각자 자기 방식대로 신을 섬길 수 있다고는 하지만 그들의 진짜 종교, 즉 입신출세할 수 있는 종교는 영국국교회, 혹은 그냥 '교회'라고 불리는 성공회다. 영국이나 아일랜드에서는 성공회 신자가 아니면 공직을 맡을 수 없다. 이 이유 때문에 수많은 사람들이 성공회로 개종해, 오늘날 지배적인 교회의 품 바깥에 있는 사람은 국민의 이십분의 일도 되지 않는다.

성공회 성직자들은 가톨릭 전례의 많은 부분을 그대로 따랐는데 그중에서도 십일조를 징수하는 전례는 세심한 관심을 기울여 특히 잘 유지하고 있다. 그들은 신자들 위에 군림하고자 하는 신실한 야망도 지니고 있다.

게다가 그들은 신자들이 비국교도를 증오하도록 최대한 부추긴다. 이러한 신성한 열정은 앤 여왕 말년의 토리당 정부 치하에서 상당히 드높았다. 그럼에도 불구하고 그들은 기껏해야 타 종파 교회의 유리창이나 몇 장 부수었을 뿐, 그 이상 나가지는 않았다. 영국 내 종파 간의 격심한 대립은 내란과 함께 끝났기 때문이다. 앤 여왕 치하의 종파 대립은 폭풍우가 지나가고 한참 후에 넘실대는 바다의 파도 소리에 불과했다. 휘그당과 토리당이 나라를 양분했을 때는 예전에 겔프당과 기벨린당*이 그랬던 것처럼 당연히 종교가 당파에 개입되었다. 토리당은 영국 국교를 옹호했고 휘그당은 국교를 없애고 싶어했다. 그러나 휘그당은 정권을 잡은 후, 국교의 지위를 떨어뜨리는 것으로 만족했다.

옥스퍼드 백작인 할리와 볼링브로크 경**이 토리당을 위해 축배를 들고 있을 무렵, 영국국교회는 그들을 자신들의 신성한 특권의 옹호자로 간주했다. 하급 성직자들의 모임은 일종의 성직자 하원이라고 할 수 있는데, 당시에는 다소간의 권한을 가지고 있었다. 적어도 집회와 논쟁의 자유가 있었고, 때때로 불경한 책, 즉 그들을 비판하는 책을 태울 권리를 가지고 있었다. 오늘날의 휘그당 정부는 이들에게 집회조차 허용하

---

* 12세기에서 15세기 사이, 이탈리아에서는 겔프당(교황당)과 기벨린당(황제당)이 심하게 대립했다.

** 헨리 세인트 존 볼링브로크(Henry St. John Bolingbroke, 1678~1751). 영국 토리당 정치가 겸 문인. 1701년 의회에 진출한 이래, 처음에는 온건하며 초당파적인 옥스퍼드 백작인 할리와 손을 잡았다. 볼테르는 토리당이 공식적으로 영국국교회를 지지함에도 불구하고 이러한 공식적 지지를 밝히지 않은 휘그당 집권하에서보다 더 큰 종교적 자유가 허용되었다고 보았다.

지 않는다. 그래서 그들은 각자 자기 교구에 틀어박혀 정부를 위해 기도하는 불쌍한 처지에 놓이게 되었다. 사실 그들은 할 수만 있다면 정부를 타도하고 싶을 것이다. 영국의 주교는 모두 26명인데 그들은 휘그당의 압박에도 불구하고 모두 상원에 의석을 가지고 있다. 이는 주교를 영주로 간주하는 예전의 악습이 아직까지 남아 있기 때문이다. 하지만 프랑스 중신과 공작들이 파리고등법원에서 무력한 것처럼 그들 역시 상원에서 아무런 힘이 없다. 게다가 국가에 대한 의원의 선서에는 기독교인으로서의 인내심을 시험하는 조항까지 들어 있다.

이 조항에서 그들은 법에 의해 창설된 교회의 일원임을 약속한다. 영국 국교의 고위 성직자들은 대체로 자신이 신으로부터 직책을 부여받았다고 생각한다. 그런데 자신들의 모든 것이 불경한 세속인들이 만든 하찮은 법률에서 나온다고 고백해야 하다니! 참으로 굴욕적인 일일 것이다. 얼마 전에 한 수도사(르쿠레예 신부)*는 영국 국교의 사제 서품의 유효성과 계승 문제를 증명하는 책을 썼다. 이 책은 프랑스에서 금서가 되었다. 그런데 이 책이 영국 정부의 마음에는 들었을까? 천만의 말씀. 빌어먹을 휘그당은 자기 나라에서 주교 계승이 중단되는지 아닌지에 대해서, 그리고 파커 주교**가 술집에서 임명되었든(그렇게 주장하는 사람도 있다) 교회에서 임명되었든 별로 관심이 없다. 그들은 주교들이 사도들로부터 권위를 부여받기보다 의회에서 위임받기를 선호

* 피에르 프랑수아 르쿠레예(1681~1776). 프랑스의 가톨릭 신학자로, 문제의 책은 1723년 브뤼셀에서 익명으로 출간되지만, 이내 필자가 밝혀져 곤혹을 치른다. 이후 영국에 망명하여, 죽을 때까지 영국에 살았다.

** 1559년 캔터베리 대주교로 서임된 영국 주교.

한다. B경*이 말하기를, 신권神權 사상은 주교복을 입은 폭군을 만들 뿐이지만 법은 시민을 만든다고 했다.

영국국교회 성직자들은 프랑스 성직자들보다 품행이 훨씬 절제되어 있는데 그 이유는 다음과 같다. 영국의 모든 성직자들은 수도의 타락에서 멀리 떨어진 옥스퍼드나 케임브리지 대학에서 교육받는다. 또한 그들이 국교회의 고위직에 임명되는 것은 상당히 나이를 먹은 다음인데, 이 나이의 남자들은 야심이 시들고, 인색함 이외에는 다른 모든 정념이 없어진다: 이 나라에서 성직은 군대와 마찬가지로 오랜 기간 복무에 대한 보상으로 주어진다. 여기서 젊은 주교나 대학을 갓 졸업한 대령은 볼 수 없다. 게다가 목사들은 대부분 결혼을 한다. 그들은 대학에서 좋지 못한 매너가 밴데다 그후로도 여성들과 교제할 기회가 별로 없다보니 주교라 할지라도 자기 아내로 만족할 수밖에 없다. 목사들은 때때로 술집에 간다. 그 정도는 허용되기 때문이다. 하지만 술에 취한다 하더라도 근엄하게 취할 뿐, 소동을 일으키지는 않는다.

사제abbé라고 불리는, 성직자도 아니고 세속인도 아닌 매우 정의하기 어려운 인물을 영국에서는 전혀 볼 수 없다. 이곳의 성직자들은 모두 점잖은 현학자다. 프랑스에서는 방탕하기로 유명한 젊은이들이 여성들의 책략에 의해 고위 성직자가 된다. 그들은 공공연히 연애를 하고, 흥겹게 연시를 짓고, 매일 늦도록 맛있는 만찬을 즐기다가 거기서 바로 성령의 빛을 구하는 기도를 하러 가서는 뻔뻔스럽게도 자신이 사도들의 후예라고 주장한다. 이런 사실을 알게 된 영국의 성직자들은 자

---

* 볼링브로크 경. 『철학적 저작』에서 이 주제를 다뤘다.

신들이 개신교도라는 것에 대해 하느님께 감사한다. 그러나 어쨌든 그들은 프랑수아 라블레 선생의 말대로 모두 태워 죽여야 할 못된 이단자들이다. 그래서 나는 그들의 일에 관여하지 않는다.

편지 6
장로교에 관하여

영국국교회의 영역은 잉글랜드와 아일랜드에 국한된다. 스코틀랜드의 주된 종교는 장로교다. 장로교는 프랑스에서 창립되어 오늘날 제네바에서 존속하고 있는 순수한 칼뱅주의에 다름 아니다. 이 교회의 목사들이 교회에서 받는 급료는 매우 적어서 국교회 주교들처럼 사치스럽게 살 수 없고 바로 그 때문에 그들은 도달할 수 없는 권세에 대해 반대의 목소리를 드높이게 되었다. 오만한 디오게네스가 플라톤의 자존심을 짓밟는 장면을 상상해보라. 스코틀랜드의 장로교도들 역시 이 오만한 거지 철학자와 크게 다르지 않다. 그들은 디오게네스가 알렉산드로스를 대한 것보다 훨씬 가혹하게 찰스 2세를 대했다. 크롬웰이 그들을 배반하자 그들은 국왕을 위해 무기를 들었는데, 이때 그들은 불쌍한 왕에게 하루에 네 번씩 설교를 하고, 카드놀이를 금지하고, 그를 속죄하는 죄인의 의자에 앉히기도 했다. 결국 왕은 현학자들의 왕 노릇에 지쳐서 학생이 학교에서 빠져나가듯 그들의 손아귀에서 빠져나갔다.

젊고 원기 왕성한 프랑스 신학자는 아침이면 신학교에서 떠들어대고 저녁이면 부인들과 노래를 부르는데, 이에 비하면 영국국교회 신학자는 마치 근엄한 카토* 같다. 그런데 이들조차도 스코틀랜드의 장로교 목사 앞에서는 멋쟁이 한량처럼 보인다. 장로교 목사는 위엄 있는 태도로 화난 표정을 지으며, 챙이 넓은 모자를 쓰고 짧은 윗옷 위에 긴 외투를 입고는 콧소리로 설교한다. 그리고 몇몇 성직자가 1년에 5만 파운드의 수입이라는 행운을 누리는 것을 허용하고 그들을 각하, 예하, 전하라고 부르는 착한 신도들이 있는 모든 교회를 싸잡아서 '바빌론의 창녀'라고 부른다.

이들은 잉글랜드에 있는 몇몇 장로교회를 통해 이 나라에 근엄한 태도를 유행시켰다. 세 왕국에서 일요일을 성스러운 날로 엄격히 지키는 것은 다 그들 덕택이다. 주일에는 일해서도 안 되고 즐겨서도 안 된다. 이것은 가톨릭보다 두 배나 엄격한 것이다. 그래서 주일날 런던에는 오페라도, 연극도, 음악회도 없다. 카드놀이도 명시적으로 금지되어 있기 때문에 신사라고 불리는 지위 높은 사람들만 주일에 카드놀이를 한다. 나머지 사람들은 설교를 들으러 가거나 술집이나 환락가에 간다.

성공회와 장로회가 영국의 양대 지배 종파이기는 하지만 여타 종파도 들어와 서로 잘 지내고 있다. 그러나 이들 종파의 목사들은 대부분

---

* 마르쿠스 포르키우스 카토(234~149 BC). 로마의 군인, 정치가, 저술가. 대(大)카토라고도 불린다. 로마의 옛 전통을 옹호하며, 정무관으로 부정한 자들을 가차없이 추방했다.

얀센파가 예수회를 단죄할 때처럼 격렬하게 서로를 증오한다.

런던의 증권거래소에 한번 들어가보라. 이곳은 허다한 왕의 궁정보다 더 존엄한 장소로 인간의 편의를 위해 모든 나라의 대표가 모여 있다. 거기서는 유대인과 이슬람교도와 기독교도가 마치 같은 종교를 믿는 사람처럼 서로 거래를 하며 오직 파산한 사람만 이교도라 불린다. 거기서는 장로교도가 재세례파 교도를 신뢰하며 영국국교도가 퀘이커교도의 약속을 받아들인다. 사람들은 이렇게 평화롭고 자유로운 집회에서 나와 뿔뿔이 흩어진다. 어떤 사람들은 유대교 교당으로, 다른 사람들은 술을 마시러 간다. 어떤 이는 큰 대야 속에서 성부와 성자와 성령의 이름으로 세례를 받고, 어떤 이는 아들을 할례시키면서 뜻도 모르는 히브리어 축성을 듣고, 또 어떤 이는 교회에 가서 머리에 모자를 쓴 채 성령이 임하기를 기다린다. 그리고 모두들 흡족해한다.

만일 영국에 한 가지 종교만 있었다면 그 횡포가 대단했을 것이다. 만일 두 가지가 있었다면 서로 목을 따려고 했을 것이다. 그러나 실제로는 30개가 있기 때문에 모두 평화롭고 행복하게 지낸다.

편지 7

소치니파, 또는 아리우스파, 또는 반反삼위일체파에 관하여

영국에는 삼위일체 문제에 대해 성聖 아타나시우스의 견해에 동의하지 않는 몇몇 성직자와 매우 박식한 몇몇 유식한 평신도로 구성된 작은 종파가 있다. 물론 그들은 자신을 아리우스파*, 혹은 소치니파**라고

---

* 그리스 신학자 아리우스(250 혹은 256~336)에서 비롯된 종파. 알렉산드리아의 사제였던 그는 성부만이 영원하고 성자와 성령은 성부에 의해 창조된 것, 즉 피조물이라고 주장했다. 325년에 열린 니케아공의회는 아리우스와 그 일파를 이단이라는 죄목으로 추방했다. 18세기의 아리우스파는 반삼위일체라는 점에서는 소치니파와 같은 입장이었으나 교의를 이성에 의해 판단하려는 소치니파의 주지주의에 대해서는 반대했다.

** 16세기 이탈리아 신학자 렐리오 소치니의 가르침에서 시작된 종파. 렐리오는 1547년 박해를 피해 이탈리아를 떠나 제네바를 거쳐 폴란드로 가서 추종자를 모았다. 그의 조카 파우스토 소치니의 저작 『구세주 예수그리스도』에 이들의 반삼위일체 사상이 잘 나타나 있다. 1660년 폴란드에서 추방된 소치니파는 네덜란드와 영국을 비롯한 유럽 각지로 흩어졌다. 기독교의 중요한 교의인 삼위일체, 원죄 및 그리스도의 신성(神聖)을 부정하는 까닭에 가톨릭뿐만 아니라 개신교의 여러 종파로부터 박해를 받았다.

지칭하지 않는다. 그러나 그들은 성부가 성자보다 우월하다는 입장을 분명히 밝힌다.

그리스정교의 어느 주교의 일화를 기억하시는가? 그는 황제에게 성체공존설*을 확신시키기 위해 그 지엄한 면전에서 황제 아들의 턱을 잡고 코를 잡아당겼다. 황제가 화를 내자 주교는 다음과 같은 멋지고 훌륭한 말을 날렸다. "폐하, 폐하께서는 제가 아드님께 불손하다고 화를 내십니다. 그러니 성부이신 하느님께서는 예수그리스도께 합당한 지위를 부여하지 않으려는 사람들을 어떻게 다루리라고 생각하십니까?" 내가 지금 여기서 다루는 종파의 사람들은 이 주교가 한참 틀렸다고 생각한다. 그 논리는 반론의 여지가 있고, 황제는 다음과 같이 말했어야 한다는 것이다. "나에 대한 불경에는 두 가지가 있소. 첫번째는 내 아들에게 합당한 존경을 표하지 않는 것이고, 두번째는 나와 내 아들을 똑같이 대하는 것이오."

어찌되었건 아리우스파는 네덜란드와 폴란드에서와 마찬가지로 영국에서도 되살아나고 있다. 위대한 뉴턴 씨는 영광스럽게도 아리우스파의 편을 들었는데 그는 유니테리언교파**가 우리보다 더 논리적으로 추론한다고 생각했다. 그러나 아리우스파 교리의 가장 강력한 옹호자는 유명한 클라크 박사***다. 도덕적으로는 엄격했으나 성품은 온화했

---

* consubstantiation. 성찬식에서 그리스도의 살과 피의 본질이 빵과 포도주의 본질과 공존한다고 보는 설. 그러나 이 글의 내용으로 보아 (삼위일체설 중) consubstantialité (동일실체)의 오기로 보인다.

** 삼위일체론에 반하여, 그리스도의 신성을 부정하고 하느님의 신성만을 인정하는 교파. 소치니파가 대표적이다. 영국에서는 18세기 이후 비국교도들 사이에 상당한 영향력을 끼쳐 교파가 형성되었다.

던 이 사람은 전도하려고 노력하기보다는 자신의 논리를 공고히 만드는 데 주로 관심을 쏟았다. 그는 오직 계산과 증명에만 관심이 있는 진정한 추론 기계였다.

그는 신의 존재에 관한 책을 한 권 썼는데, 사람들이 제대로 이해하지 못했음에도 이 책은 호평을 받았다. 기독교의 진리에 관한 또 한 권의 책은 좀더 이해하기 쉬웠지만 혹평을 받았다.

그는 우리 친구 모씨某氏가**** '케케묵은 횡설수설'이라고 부른 무의미한 스콜라 신학 논쟁에 결코 끼어들지 않았다. 그는 최초 몇 세기 동안 유니테리언 종파에 대해 행해진 찬부贊否 양론을 전부 수록한 저작을 출간하는 것으로 만족하고 그에 대한 판단은 독자의 몫으로 남겨두었다. 책 덕분에 박사에게는 지지자가 많이 생겼지만 오히려 그 때문에 캔터베리 대주교가 되지 못했다. 내 생각으로는 박사가 계산을 잘못한 것 같다. 아리우스파 시골 목사로 사느니 영국의 대주교가 되는 편이 나았을 것이다.

이처럼 제국에서와 마찬가지로 여론에도 혁명이 일어난다. 300년간 승승장구하다가 12세기 동안 잊혔던 아리우스파는 마침내 잿더미에서 부활했다. 하지만 시기가 좋지 않았다. 하필이면 세상이 분쟁과 교파에 신물이 났을 때를 택하다니. 이 종파는 공식적인 집회의 자유를 얻기에는 아직 규모가 너무 작다. 물론 사람이 좀더 많아지면 그런 자유를 얻

*** 새뮤얼 클라크(1675~1729). 영국국교회 목사, 철학자. 뒤에 언급된 그의 책은 『신의 존재 및 속성의 논증』(1705), 『자연종교 및 기독교적 계시의 진실과 확실성』(1706) 및 『삼위일체의 성서적 교의』(1712)다.

**** 볼링브로크 경을 말하는 듯하다.

을 수 있을 것이다. 그러나 오늘날의 사람들은 이 모든 것에 대해 매우 시들하기 때문에 신흥종교나 개신종교가 융성하기는 어려워 보인다. 도무지 읽을 수 없는 글을 쓴 루터, 칼뱅, 츠빙글리 따위의 사람들이 세운 종파들이 유럽을 나눠 가지고, 일자무식인 마호메트가 아시아와 아프리카를 지배하는 종교를 만들었다. 그런데 뉴턴, 클라크, 로크, 르클레르* 등 당대 최고의 철학자이자 문장가들은 불과 한줌밖에 안 되는 신자를 겨우 모을 수 있었고 그나마도 그 수가 매일 줄어든다니, 이 얼마나 재미있는 일인가!

시대를 잘 타고난다는 것은 바로 이런 것이다. 만일 레츠 추기경**이 오늘날 다시 나타난다면 파리의 부녀자 10명도 모으지 못할 것이다.

예전에 왕의 목을 치고 한 나라의 영도자가 되었던 인물, 크롬웰이 만일 다시 태어난다 해도 그 역시 런던에서 변변찮은 상인 노릇이나 할 것이다.

---

* 장 르클레르(1657~1736). 스위스 신학자, 성서학자. 칼뱅과의 의견 차이로 제네바를 떠나 암스테르담에 정착했다.

** 파리 부주교였던 그는 시민의 인기를 등에 업고 1648년 루이 14세의 재상인 마자랭에 대항하여 프롱드 난을 일으켰다.

편지 8

의회에 관하여

영국 국회의원들은 스스로를 고대 로마인에 즐겨 비유한다.

언젠가 시펀* 씨는 하원에서 '영국 국민의 존엄께서 상처를 입을 것입니다' 등등의 말로 연설을 시작했는데 이는 사실 별로 오래되지 않은 일이다. 그 기발한 표현에 사람들은 배꼽을 잡고 웃었다. 하지만 그가 당황하지 않고 근엄한 표정으로 같은 말을 되풀이하자, 이번에는 아무도 웃지 않았다. 나는 영국 국민의 존엄과 로마 시민의 존엄 사이에 어떤 공통점도 발견하지 못하겠고, 양국의 정치에는 더더욱 아무 공통점도 없다고 생각한다. 런던에는 상원이 있는데, 물론 잘못된 소문이겠지만 그 의원들 중에는 로마 원로원 의원들과 마찬가지로 때때로 돈을

* 윌리엄 시펀(1673~1743). 과격한 토리당원으로 월폴과 적대 관계였다.

받고 자기 표를 판다고 의심받는 사람들이 있으며 오직 이것만이 양국의 유일한 공통점이다. 게다가 두 나라는 좋은 점에서나 나쁜 점에서나 서로 완전히 다르다. 로마 사람들은 종교전쟁이라는 끔찍한 광기에 결코 휩쓸리지 않았다. 이런 악행은 겸손과 인내를 설파하는 독실한 신자들만 자행한다. 마리우스와 실라, 폼페이우스와 카이사르, 안토니우스와 아우구스투스는 결코 제사장이 법의法衣 위에 셔츠를 입어야 하는지 아니면 셔츠 위에 법의를 입어야 하는지, 혹은 새점을 칠 때 닭이 모이를 먹고 물을 마셔야 하는지, 아니면 모이만 먹어야 하는지 하는 문제 때문에 싸우지 않았다. 그런데 영국인들은 그런 문제로 중죄재판소에서 교수형을 선고하고, 전쟁을 벌여 서로 죽였다. 영국 국교와 장로교가 잠시 동안 그 근엄한 머리들을 돌게 만들었던 것이다. 아마도 이런 일은 더이상은 일어나지 않을 것이다. 그들은 비싼 대가를 치르고 현명해진 듯하고 앞으로는 삼단논법 때문에 서로를 죽일 생각은 전혀 없어 보인다.

그러나 영국은 더 중요한 점에서 로마보다 우월하다. 바로 내전의 결과다. 로마의 경우, 내전의 결과는 노예화였는 데 반해 영국은 분쟁의 결과로 자유를 얻었다. 영국은 왕권에 저항함으로써 왕권을 규제하고, 노력에 노력을 거듭하여 마침내 매우 현명한 정부를 수립한 세계 유일의 국가다. 이 정부에서 군주는 선행을 하는 데 있어서는 전능하나 악행은 전혀 행할 수 없다. 영주들은 귀족이지만 결코 건방지지 않으며 가신家臣을 거느리지도 않는다. 또한 평민들은 혼란 없이 정치에 참여한다.

상원과 하원은 국가의 조정 기관이며, 왕은 그들을 조정하는 거중조

정인居中調停人이다. 로마에는 이러한 균형이 없었다. 귀족과 평민은 항상 대립했고, 이를 중재할 중간 권력이 없었다. 로마의 원로원은 너무 오만해서 평민과는 아무것도 나누려 하지 않았고, 평민들을 국사에서 제외시키는 방법이라고는 외국과의 전쟁으로 내모는 것밖에 몰랐다. 그들은 평민들이 위험한 맹수라고 생각해 그들이 주인을 잡아먹을까 두려워하며 이웃들을 공격하게 했다. 이처럼 로마인들은 자신들의 가장 큰 결점 덕분에 정복자가 되었던 것이다. 자기 나라에서 불행했기에 세계의 주인이 될 수 있었지만 그들의 불화는 결국 그들 전부를 노예로 만들고 말았다.

영국 정부는 그처럼 찬란한 영광을 위해 존재하는 것도 아니며, 또 그토록 비참한 결말을 맞을 염려도 별로 없다. 그들의 목적은 다른 나라를 정복하려는 광적 욕망이 아니라 이웃들이 그러지 못하게 막는 것이다. 이 나라 국민은 자신의 자유를 열망하는 것처럼 다른 국민들도 자유롭기를 원한다. 영국인들이 루이 14세에 대해 격하게 대항한 것은 그가 야망을 가지고 있다고 생각했기 때문이다. 그들은 분명 아무런 이해관계도 없이 가벼운 마음으로 전쟁을 치렀을 것이다.*

물론 영국 내의 자유를 확립하는 데는 상당한 대가를 치렀다. 전제 권력의 우상을 쓰러뜨리기 위해 많은 피를 흘려야 했던 것이다. 그러나 영국인들은 훌륭한 법을 세우기 위해 너무 비싼 값을 치렀다고는 생각하지 않는다. 다른 나라 국민들도 영국인 못지않게 자유를 위해 피 흘리고 싸웠지만 그럼에도 그들의 노예 상태는 더 굳건해지기만 했던 것

---

* 프랑스 왕 루이 14세의 손자가 스페인 국왕으로 즉위하자 이에 맞서 윌리엄 3세가 오스트리아, 네덜란드와 동맹해 벌인 스페인계승전쟁(1701~1714)을 말한다.

이다.

영국에서는 혁명이 된 사건이 다른 나라에서는 단순한 폭동으로 끝나고 말았다. 스페인, 바바리아*, 터키와 같은 나라의 어떤 도시들에서는 사람들이 자신의 특권을 수호하기 위해 무기를 들면 곧바로 용병들에게 진압되고 잔혹한 처형을 당한다. 그러면 남은 사람들은 자신들의 노예 상태를 기꺼이 받아들여야만 한다. 프랑스 사람들은 이 섬나라의 정부가 섬 주변의 바다보다도 풍랑이 더 심하다고 생각하는데 사실 맞는 말이다. 그러나 그건 왕이 폭풍을 일으킬 때, 즉 수석 수로 안내인에 불과한 자가 배의 주인이 되려고 했을 때의 일이다. 프랑스의 내전은 영국의 내전보다 더 길고, 더 잔혹하고, 더 많은 범죄로 점철되었다. 게다가 그 많은 내전 중에 어느 것도 자유가 목적은 아니었다.

샤를 9세와 앙리 3세 치하의 불우한 시대에는 기즈 가문의 노예가 되느냐 마느냐가 문제였다.** 얼마 전에 파리에서 일어났던 전쟁은 야유나 받을 수준이었다.*** 내가 보기에 그것은 학생들이 학생주임에게 대항해 소란을 일으켰다가 매질을 당한 것에 불과하다. 레츠 추기경은 재치와 용기가 풍부하지만 이를 잘못 사용했다. 그는 뚜렷한 이유도 없이 반란을 일으키고, 목표도 없이 선동하고, 군대도 없이 파당을 짓고, 음모를 위한 음모를 꾸몄으며, 단순히 자기만족을 위해 내란을 일으킨 것 같다. 고등법원은 자신들이 무엇을 원하는지, 또 무엇을 원하지 않는지

---

* 현재 독일 바이에른주. 볼테르 시대에 이 지역은 신성로마제국의 선제후(공작)가 다스리던 제후국이었다.

** 1562년부터 1598년까지 프랑스를 양분했던 종교전쟁을 말한다. 기즈 가문은 가톨릭 세력의 우두머리 중 하나였다.

*** 프롱드 난(1648~1652)을 말한다.

도 모른 채 군대를 소집했다가 해산하고, 위협을 했다가 용서를 빌고, 마자랭 추기경 목에 현상금을 내걸었다가 얼마 되지도 않아 예를 갖추고 그를 방문했다. 샤를 6세 치하에서 일어난 내란은 잔혹했고*, 가톨릭 동맹의 내전은 끔찍했고, 프롱드 난은 한편의 소극笑劇이었다.

프랑스에서 영국인들이 가장 비난받는 점은 찰스 1세를 처형한 일이다. 하지만 만일 그가 이겼더라면 그 역시 적들에게 똑같은 벌을 내렸을 것이다.

어쨌거나 찰스 1세는 전쟁에서 지고, 포로가 되어 재판을 받고, 웨스트민스터에서 사형선고를 받았다. 이에 반해 하인리히 7세**는 영성체를 하다가 자신의 전속 신부에게 독살당했고, 앙리 3세는 광신도 일파의 대표격인 수도사에게 암살당했으며, 위대한 앙리 4세의 경우, 30번의 암살 음모와 몇 차례의 실제 암살 기도 끝에 결국 암살당하고 말았다. 이러한 범죄를 비교 검토해보시라, 그리고 잘 판단해보시라.

---

* 1407년에서 1419년 사이에 일어난 아르마냐크와 부르고뉴 사이의 전쟁.

** 신성로마제국 황제(재위 1312~1313). 그의 독살설은 분명하지 않다. 볼테르 역시 이후의 저작인 『풍습론』에서는 보다 완곡한 표현을 썼다.

편지 9
정부에 관하여

영국 정부 내의 멋진 융합, 즉 서민과 귀족과 국왕 간의 조화가 항상 존재했던 것은 아니다. 영국은 오랫동안 타민족에게 예속되었다. 로마인, 색슨인, 덴마크인, 프랑스인의 지배하에 있었던 것이다. 특히 정복왕 윌리엄은 철권으로 영국을 통치했고, 동방의 군주처럼 새로운 백성들의 재산과 생명을 마음대로 좌지우지했다. 그는 영국인은 누구를 막론하고 저녁 8시 이후에 불을 피우거나 빛을 밝히지 못하도록 했고, 이를 어기면 사형에 처한다고 했다. 이 이상한 금지령을 통해 야간 집회를 막으려 한 것인지, 아니면 한 사람의 권력이 어디까지 미칠 수 있는지 시험해보려고 한 것인지는 분명치 않다.

물론 정복왕 윌리엄 이전에도, 그리고 그후에도 영국에 의회는 있었다. 영국인들은 이 의회가 마치 자유와 공공복리의 수호자라도 되는 양

자랑하지만 당시 그것은 이름만 의회였을 뿐, 폭군 같은 성직자들과 제후라 불리는 약탈자들로 구성된 집회에 불과했다.

발트해 연안에서 유럽의 다른 지역으로 몰려온 야만인들은 신분제 의회의 관습을 가지고 왔는데, 이 관습에 대해서는 많은 논의가 있었지만 사실 우리는 그 실체에 대해 거의 알지 못한다. 물론 당시 왕들은 전제적이지 않았다. 그러나 백성들은 그 때문에 더욱 비참한 노예 상태에서 신음했을 뿐이다. 프랑스와 이탈리아, 그리고 스페인과 영국을 침략한 이 야만인의 우두머리들은 군주가 되었고, 그들의 수하 장수들은 정복지의 땅을 나눠 가졌다. 그때부터 변새邊塞 총독, 영주, 제후 같은 작은 폭군들은 백성들을 수탈하느라 국왕과 경쟁했다. 이 모습은 마치 비둘기들의 피를 빨아먹으려고 맹금떼가 독수리 한 마리와 싸우는 형상이었고, 백성들은 한 명의 주인 대신 백 명의 폭군을 만난 셈이었다. 이윽고 사제들도 수탈에 가담했다. 갈리아인과 게르만인, 영국인들은 예로부터 드루이드 승려들과 마을 우두머리들의 지배를 받았다. 그 시절의 제후라고 할 수 있는 이 우두머리들은 그후에 나타난 패거리들보다는 횡포가 덜했다. 드루이드 승려들은 신과 인간의 중재자를 자처하며 법을 만들고, 파문하고, 사형선고를 내렸다. 고트족과 반달족 지배하에서 기독교 주교들은 드루이드 승려들이 가지고 있던 세속적 권한을 차츰차츰 이어받게 되었다. 교황은 이들의 우두머리가 되어 편지, 교서敎書, 수도사들을 동원해 국왕들을 떨게 만들고, 폐위시키고, 암살했을 뿐만 아니라 유럽의 돈이란 돈은 다 긁어갔다. 영국의 옛 7왕국*의 폭군 중 하나인 어리석은 이나스**는 로마에 순례를 가서 자기 영토 내에 있는 가구家口마다 교황청에 (프랑스 돈으로 환산하면 1에퀴 정도의)*** 헌금을 보내기로 약속했다. 머지않아 영국 전체가 그의 본을 따르게 되었다. 이리하여 영국은 서서히 교황의 영토가 되어갔다. 교황은 가끔 특사를 파견하여 막대한 세금을 거둬갔다. 실지왕失地王 존****은 마침내 자신을 파문했던 교황에게 정식으로 왕국을 바쳤다. 자신들에게 득 될 게 없다고 판단한 제후들은 이 불쌍한 왕을 쫓아내고 프랑스의 성聖 루이왕의 아버지인 루이 8세를 왕좌에 앉혔다. 그러나 곧 이 신참에게도 싫증이 나서 바다 저편으로 내쫓아버렸다.

이렇게 제후와 주교와 교황은 지배욕 때문에 영국을 분열시키면서 백성들을 인간 이하의 동물처럼 취급했다. 사실 백성은 나라에서 가장 수가 많고 가장 도덕적인 까닭에 인간 가운데 가장 존경할 만한 집단이며, 법과 과학을 연구하는 사람, 상인, 장인 등 한마디로 폭군이 아닌 모든 사람들로 구성되어 있었다. 그러나 당시 평민은 정치에 참여할 엄두도 내지 못했다. 그들은 농노였고, 그들의 땀과 피는 귀족이라 불리

---

* 고대 후기에서 중세 초기에 걸쳐 영국에 존재했던 7개의 앵글로색슨 왕국의 통칭. 나중에 잉글랜드로 통합된다.

** 688년부터 726년까지 재위한 웨섹스의 왕. 726년에 양위하고 로마로 순례를 떠났다.

*** 이후의 연구에 의하면 이보다 적은 1페니 정도다.

**** 존 래클랜드(재위 1199~1216). 그가 왕위에 오를 즈음에 조카 아서를 살해하고 왕위를 차지했다는 소문이 퍼져 있었다. 이에 프랑스의 필리프 2세는 아서 살해의 전모를 프랑스 법정에서 다루겠다고 공포하고, 존왕에게 소환장을 보냈다. 당시 봉건적인 위치로 볼 때 잉글랜드는 프랑스에서 봉토를 수여받은 형태여서 필리프가 주군이 되고 존은 봉건 가신의 입장이었기 때문이다. 존왕이 소환에 불응하자 필리프는 존을 중죄인으로 선고하고 그의 소유인 프랑스 내 영지를 몰수했다. 이 때문에 존왕은 '실지왕'이라 불린다. 이후 그는 캔터베리 대주교 선임 문제로 교황 인노켄티우스 3세와 맞서고, 1209년 파문당한다. 이에 굴복하여 그는 1213년 도버에서 왕관을 벗어 교황의 특사에게 바치고, 이어 자신의 왕국을 교황에게 바치는 문서에 서명한다.

는 그들 주인의 소유였다. 사실 북쪽의 몇몇 나라에서는 지금도 마찬가지지만, 당시 유럽에는 영주의 농노 신분이 가장 흔했고 이들은 땅과 함께 사고파는 일종의 가축이었다. 인간의 정의가 실현되는 데는, 즉 다수가 뿌린 씨를 소수가 거두는 것이 매우 나쁘다는 인식이 생기기까지는 오랜 세월이 흘러야 했다. 이런 소규모 산적떼의 힘은 프랑스에서는 국왕의 합법적 권력에 의해, 그리고 영국에서는 국왕과 백성의 합법적 권력에 의해 소멸되었다. 이것은 인류를 위해 커다란 행복이 아니겠는가?

다행스럽게도 왕과 귀족들이 서로 싸움박질을 하면서 제국은 혼란에 빠졌고 그 덕택에 각 나라를 옥죄던 속박이 다소 느슨해졌다. 영국의 경우, 자유는 폭군들의 다툼에서 생겨났다. 제후들은 실지왕 존과 헨리 3세에게 그 유명한 대헌장의 승인을 강요했다. 헌장의 주목적은 국왕을 제후들의 지배하에 두려는 것이었지만 나머지 국민들에게도 유리한 점이 약간 있었기 때문에 백성들은 자신들의 보호자로 자처하는 제후들 편에 섰다. 이 대헌장은 영국인의 자유의 신성한 기원으로 간주된다. 그러나 다른 한편으로는 당시 사회가 얼마나 자유롭지 못했는지 보여준다. 대헌장이라는 명칭만으로도 우리는 국왕이 자신을 권력의 절대자로 여기고 있다는 것을 알 수 있다. 또한 제후들과 성직자들이 국왕에게 권력을 일부 내놓게 한 것은 단지 그들이 국왕보다 힘이 셌기 때문이라는 것을 짐작할 수 있다.

대헌장은 이렇게 시작한다. "짐은 자유의지로 우리 왕국의 대주교, 주교, 사제, 수도원장 및 제후들에게 다음의 제 특권을 수여한다."

이 헌장의 조항 속에는 하원에 대해서는 한마디도 언급되지 않았는데, 이는 하원이 아직 존재하지 않았거나 존재했더라도 전혀 힘이 없었다는 것을 의미한다. 대헌장에 명시된 영국의 자유민이라는 말은 자유민이 아닌 사람들이 존재했다는 슬픈 사실을 반증한다. 32조*를 보면 소위 자유민이라는 사람들이 영주에게 부역해야 함을 알 수 있다. 이러한 자유는 아직 노예제도의 요소를 많이 지니고 있다.

21조**에서 왕은 관리들에게 자유민의 말 또는 마차를 강제로 징발해서는 안 되고, 반드시 값을 치르라고 명령했다. 이 규정으로 가장 심한 횡포 중 하나가 제거되자 백성들은 이야말로 참된 자유라고 생각했다.

운좋은 찬탈자이며 위대한 정략가인 헨리 7세는 제후들을 좋아하는 척했지만 실제로는 미워하고 두려워했다. 그래서 그는 제후들이 자신들의 영지를 양도할 수 있는 길을 터놓았다. 그후 노동으로 재산을 모은 농노들이 무분별한 처신으로 파산한 대귀족들의 성을 사들일 수 있었다. 그리하여 점차 모든 땅의 주인이 바뀌게 되었다.

하원의 세력은 나날이 커져갔다. 반대로 상원의 구성원인 옛 귀족 가문들은 세월이 흐르며 사라져갔다. 영국의 경우, 법대로 엄격하게 하자면 귀족이란 곧 상원의원을 말한다. 그런데 이 나라 귀족의 씨가 마를 지경이었기에 왕은 때때로 새로운 제후를 서임하여 상원을 유지했다. 이렇게 해서 국왕은 자신이 과거에 그토록 두려워하던 상원으로 하여금 현재 공포의 대상인 하원에 맞서게 할 수 있었다.

상원을 구성하는 신귀족들은 국왕에게서 작위만 부여받을 뿐 그 이상은 아무것도 받지 않는다. 그리고 대부분은 자기의 작위명과 부합하

* 실제로는 21조다.

** 실제로는 38조다.

는 영지를 가지고 있지 않다. 예를 들어 도싯 공작은 도싯셔에 땅을 한 뼘도 가지고 있지 않다. 또다른 사람은 어느 마을 지명을 딴 백작 작위를 가지고 있지만 그 마을의 위치조차 모른다. 그들은 의회에서만 권력을 가질 뿐 그 외의 곳에서는 어떤 권력도 없다.

이 나라에서는 상급, 중급, 하급 사법권*이 있다는 말도 들을 수 없고, 땅을 가진 시민이 자기 땅에서 총을 쏠 자유가 없는 대신 다른 사람이 그 땅에서 사냥할 권리도 없다.

귀족과 성직자도 세금을 면제받지 않으며 세금은 모두 하원에서 결정된다. 하원은 서열로는 두번째지만 그 권위로는 첫번째다.

귀족들과 주교들은 하원의 세금 법안을 거부할 수 있지만 어느 것도 고칠 수는 없다. 전체를 승인하거나 거부해야 한다. 법안을 귀족이 승인하고 왕이 재가하면 모든 사람이 세금을 내는 것이다. 각자 자신의 신분(이것은 불합리하다)이 아니라 수입에 따라 낸다. 임의적인 타유세**나 인두세가 아니라 토지에 대한 실질적인 세금이 부과된다. 토지는 유명한 윌리엄 3세 치하에서 감정되었는데 모두 실제 가치보다 낮게 평가되었다.

토지에서 나오는 수입은 증가했지만 세액은 변함이 없었다. 그러므로 아무도 과도하게 착취당하지 않고 아무도 불평하지 않는다. 농부라도 나막신 때문에 발을 다치지 않고, 흰 빵을 먹으며, 좋은 의복을 입는

* 영주의 사법권으로 상급 사법권은 민사, 형사상의 중죄를, 중급 사법권은 후견(後見)에 관한 사항 및 일반 범죄를, 그리고 하급 사법권은 영주에게 바치는 각종 세금 및 경범죄를 다루었다.

** 프랑스 구체제하에 존재하던 토지세로, 왕이 해마다 총액을 정해 각 지방에 배분했다. 평민들에게만 부과되는 세금이었다.

다. 다음해에 세금이 오를까 겁나서 가축을 늘리거나 기와지붕을 올리는 데 주저하지 않는다. 이 나라에는 재산이 약 20만 프랑 정도 되는 농부들이 다수 있다. 그들은 자신을 부자로 만들어준 토지를 손수 경작하며 그 땅에서 자유롭게 살고 있다.

편지 10
상업에 관하여

영국에서 상업은 시민들을 부자로 만들고 그들을 자유롭게 하는 데 일조했는데, 이 자유는 상업을 더욱 발전시켜 국가 번영의 토대를 마련했다. 상업은 해군력의 근간이 되었고 이를 통해 영국은 제해권을 장악했다. 현재 영국은 근 200척에 달하는 군함을 보유하고 있다. 후세 사람들은 소량의 납과 주석, 산성백토酸性白土 및 거친 양모밖에 가진 것이 없는 작은 섬나라가 상업 덕택에 이 정도의 강대국이 되었다는 사실에 매우 놀랄 것이다. 영국은 1723년*에 함대 세 대를 멀리 떨어진 세계의 끝 세 곳으로 보냈다. 첫번째 함대는 영국이 무력으로 점령하여 지배하고 있는 지브롤터 앞바다로, 두번째 함대는 스페인 왕이 서인도제도의

* 실제로는 1726년에 일어났다.

보물을 향유하지 못하게 하려고 포르토벨로*로, 세번째 함대는 북구 열강들의 전쟁을 막기 위해 발트해로 파견되었다.

루이 14세의 군대가 이탈리아를 공략해 사보이와 피에몬테를 점령한 다음 토리노를 위협하자 사보이의 외젠 공은 사보이 공작을 구원하기 위해 독일 내륙에서부터 진격해야만 했다. 그에게는 돈이 없었다. 돈이 없으면 도시를 공략하지도 방어하지도 못한다. 그는 영국 상인들에게 도움을 청했다. 그러자 반시간 만에 5천만 파운드라는 거액의 융자가 이루어졌다. 그는 그 돈으로 토리노를 해방시키고 프랑스군을 물리친 뒤 돈을 빌려준 사람들에게 다음과 같은 짧은 편지를 보냈다. "여러분, 저는 여러분께 돈을 받았습니다. 그리고 그 돈을 여러분께서 흡족해하시도록 사용했다고 자부합니다."**

이 모든 것으로 말미암아 한 영국 상인은 자부심에 차서 자신을 로마 시민에 비교했는데, 허무맹랑한 말은 아니다. 또한 영국에서는 상원의원의 동생이라도 결코 상업을 멸시하지 않는다. 각료인 톤젠드 경의 동생은 런던의 상인이다. 옥스퍼드 경이 영국을 다스릴 당시, 그의 동생은 알레포에서 상업에 종사했는데 영국으로 돌아오지 않고 그곳에서 죽었다.***

물론 이 관습은 이제 사라지기 시작했지만 어쨌든 그것은 가문을 엄

---

* 카리브해 연안에 있는 파나마의 항구도시.

** 볼테르가 사실(史實)을 각색한 것. 실제로 돈을 빌려준 사람들은 대부분 군주와 귀족들이었으며 인용문 또한 실제 편지 문구와 다르다.

*** 옥스퍼드 경인 로버트 할리의 동생 너새니얼 할리는 시리아의 북부 도시 알레포에서 25년 동안 살았다. 그러나 그는 볼테르가 암시하듯이 평범한 상인이 아니라 국제적인 금융인이었다.

청나게 따지는 독일인들에게는 끔찍한 일이다. 그들은 영국 상원의원의 아들이 그저 부유하고 유력한 시민에 지나지 않는다는 것을 상상할 수조차 없다. 그도 그럴 것이 독일에서는 모두가 왕자이기 때문이다. 가문과 높은 콧대밖에 가진 게 없는 동일한 이름의 전하殿下가 30명이나 되는 경우도 있다.

프랑스에서는 원하기만 하면 누구나 후작이 될 수 있다. 귀족풍의 이름에다 돈푼깨나 가지고 파리로 올라온 시골뜨기들까지도 '나 같은 사람, 나 같은 신분의 사람'이라고 하면서 상인을 버러지처럼 멸시한다. 상인 역시 자기 직업에 대한 경멸스러운 언사를 하도 듣다보니 어리석게도 스스로 자기 직업을 부끄럽게 생각한다. 하지만 누가 더 나라에 유용한가? 국왕이 몇시에 일어나고, 몇시에 취침하는지를 꿰고 있고, 장관실 앞 대기실에서 노예 노릇이나 하며 고귀한 척하는 분칠한 귀족인가, 아니면 자기 나라를 부유하게 만들고, 자기 사무실에서 인도의 수라트와 이집트의 카이로에 주문을 내며 세계의 행복에 기여하는 상인인가? 나는 잘 모르겠다.

편지 11

천연두 접종에 관하여

대륙의 유럽 기독교도들은 영국인들이 바보에다 미치광이라고 수군거린다. 천연두 감염을 막는다면서 자기 자식들에게 바로 그 종균을 접종하니 어찌 바보가 아니겠는가? 게다가 걸릴지 안 걸릴지도 모르는 병을 예방한다는 이유로 확실히 병에 걸리게 할 무서운 균을 즐거운 마음으로 주입하니 어찌 미치광이가 아니겠는가? 한편 영국인들은 이렇게 말한다. "여타 유럽인들이야말로 겁쟁이에 잔인한 사람들이다. 자기 자식들에게 약간의 고통을 주는 것도 두려워하다니 어찌 겁쟁이가 아니겠는가? 언젠가 자기 자식들이 천연두에 걸려 죽을지도 모르는데 그대로 내버려두다니 어찌 잔인하지 않은가?" 이 논쟁에서 누가 옳은지를 밝히기 위해 영국 이외 지역 사람들이 그토록 두려워하는 이 유명한 접종의 역사를 살펴보고자 한다.

시르카시아* 여성들은 태곳적부터 아이들에게 천연두를 접종했다. 6개월 된 갓난아이까지도 팔에 상처를 낸 다음 다른 아이의 몸에서 조심스레 떼어온 종기를 접종받았다. 이 종기는 옮겨진 팔 속에서 밀가루 반죽 속의 효모 같은 효과를 내면서 발효하여 혈액 전체에 그 성분을 퍼뜨린다. 이렇게 인위적으로 천연두를 접종받은 아이의 몸에 생겨난 발진을 다른 아이에게 접종하면 진짜 천연두 종기와 똑같은 효과를 발휘한다. 시르카시아에서는 이런 방식으로 끊임없이 접종한다. 그래서 이 지방 사람들은 불행히도 천연두가 발생하지 않으면 흉년을 맞은 사람들처럼 허둥대며 곤란해한다.

다른 민족들에게는 시르카시아의 이 관습이 매우 이상해 보인다. 그러나 이 관습이 생겨난 것은 전 세계에 공통되는 한 가지 이유, 즉 모성애와 이해타산 때문이다.

시르카시아인들은 가난하고 그곳 여자들은 매우 아름답다. 그러므로 그들의 가장 큰 거래 품목은 여자다. 그들은 터키 황제라든가 페르시아 왕, 혹은 이 귀중한 상품을 사들여 유지할 만한 재력을 갖춘 사람들에게 미인을 제공한다. 그들은 모든 것을 다 바쳐 딸들을 교육시킨다. 선정적이고 음란한 춤과 관능적인 기교를 가르쳐 머지않아 섬기게 될 거만한 주인의 색정을 불붙일 만반의 채비를 갖추게 한다. 이 가엾은 어린 것들은 어머니와 함께 매일 그날 배운 것을 복습하는데 그 광경은 흡사 우리 아이들이 내용도 알지 못한 채 교리문답을 복습하는 것과 같다.

---

* 캅카스의 옛 이름.

그런데 이렇게 정성을 다해 교육시켜놓고는 갑자기 부모의 희망과 꿈이 송두리째 사라져버리는 경우가 종종 발생한다. 집안에 천연두가 발생할 때다. 딸 하나는 죽고, 또하나는 애꾸가 되고, 또하나는 코가 흉하게 망가진다. 그러면 이 불쌍한 가족은 파산하고 만다. 천연두가 창궐한 다음, 때로 몇 년간이나 여자 교역이 중단되기도 하는데 그럴 때면 페르시아와 터키 궁전의 후궁 수가 눈에 띄게 줄어든다.

무릇 상업 국가란 언제나 이해타산에 매우 예민하며 상업에 유용한 지식을 하나도 소홀히 하지 않는 법이다. 시르카시아인들은 천연두를 두 번 앓는 사람은 천 명에 한 명도 안 된다는 사실을 알아차렸다. 물론 때로 서너 번씩 가볍게 앓는 경우는 있지만 치명적이고 위중한 천연두를 두 번 앓는 법은 없다는 것, 한마디로 말해 일생 동안 이 병을 위중하게 두 번 앓는 경우는 결코 없다는 사실을 알게 된 것이다. 또한 아주 가벼운 천연두에 걸려 부드럽고 얇은 피부에만 발진이 생겼을 경우, 얼굴에는 아무런 흔적도 남지 않는다는 사실도 알게 되었다. 관찰을 통해 그들은 다음과 같은 결론을 내렸다. 만일 6개월에서 한 살 정도의 어린 아이가 경증 천연두에 걸리면 죽지 않고, 흉터도 남지 않으며, 일생 동안 두 번 다시 이 병에 걸리지 않는다.

그러므로 자식들의 생명과 미모를 보호하려면 일찌감치 천연두를 앓게 해야 했다. 따라서 그들은 증상이 확실하면서도 환자에게 심한 위해를 끼치지 않는 천연두 종기를 구해 자식들의 몸에 주입했다. 이 실험은 실패할 리가 없었다. 터키인은 분별 있는 민족이므로 곧 이 관습을 따랐다. 오늘날 콘스탄티노플의 고위 관리들 중에 아들딸들이 젖을 뗄 때까지 천연두를 접종하지 않는 사람은 한 명도 없다.

어떤 사람들은 시르카시아인의 이러한 관습이 아랍으로부터 왔다고 주장한다. 그러나 이런 역사적 문제는 베네딕트회 학자들에게 맡기기로 하겠다. 그들은 고증이 붙은 여러 권의 두꺼운 책을 쓸 수 있을 것이다. 이 문제에 대해 내가 말할 것은 다음의 사실뿐이다. 조지 1세 치세 초기에 워틀리 몬터규 부인이라는 재기 발랄한 영국 여성은 대사인 남편과 함께 콘스탄티노플에 갔다. 그녀는 그곳에서 아이를 낳고 주저 없이 아이에게 천연두를 접종했다.* 그녀의 전속신부가 그것은 기독교적인 행동이 아니며 이교도들이나 성공하는 것이라고 방정을 떨었는데도 불구하고 그녀의 아들은 거뜬히 완쾌했다. 런던에 돌아온 부인은 지금의 왕비인 당시의 왕세자빈**께 자신의 경험을 알려드렸다. 사실 말이지 신분과 왕관을 제외하더라도 왕비 전하는 예술을 장려하고 인간에게 선을 행하기 위해 태어난 분이다. 그야말로 왕관을 쓴 사랑스러운 철학자인 셈이다. 그녀는 배움의 기회나 자신의 관대함을 행사할 기회를 결코 놓치지 않았다. 밀턴의 딸이 생존해 있는데 매우 가난하다는 말을 듣고 곧바로 상당한 선물을 보낸 사람이 바로 그녀다. 가엾은 르쿠레예 신부를 보호하고 클라크 박사와 라이프니츠 사이를 중재해준 사람도 바로 그녀다.*** 종두법에 관한 얘기를 듣자 그녀는 곧바로 4명의

---

* 메리 워틀리 몬터규(1689~1762). 영국 작가. 사후 『터키 편지』(1763)가 출간되었다. 볼테르는 몬터규 부인과 런던에서 만나 교류했다. 천연두 접종 문제에서 볼테르의 기술은 사실과 차이가 있는데, 그녀가 콘스탄티노플에서 접종한 자녀는 여섯 살 난 아들이었고 그곳에서 출생한 딸은 나중에 영국에 돌아와서 접종했다.

** 조지 2세의 왕비인 안스바흐의 캐럴라인을 말한다.

*** 라이프니츠가 왕비에게 쓴 편지에서 뉴턴 물리학이 자연신학에 해가 된다고 하자 뉴턴의 열렬한 옹호자인 클라크 박사가 이를 반박하는 편지를 라이프니츠에게 보내면서부터 논쟁이 시작되었다. 이 논쟁은 1716년 라이프니츠가 사망할 때까지 계속되었다.

사형수에게 이를 시행하게 했다. 이로써 그녀는 그들의 목숨을 두 번 구했다. 사형을 면하게 해주었을 뿐 아니라 인위적인 천연두 접종으로 장래에 그들이 천연두에 걸려 죽을 위험까지 없애주었기 때문이다.

이 실험의 유용성을 확신한 왕세자빈은 자기 아이들에게도 접종을 했다. 그러자 영국 국민들이 그녀의 모범을 따르기 시작했다. 그로부터 적어도 만 명의 양갓집 자식이 왕비와 워틀리 몬터규 부인 덕에 생명을 건졌고 그만큼의 처녀가 미모를 간직할 수 있었다.

이 세상 사람들 중, 100에 적어도 60은 천연두에 걸리며, 그중 20명이 꽃다운 나이에 사망한다. 또다른 20명에게는 평생 보기 흉한 흉터가 남는다. 그러므로 이 병으로 인류의 오분의 일이 죽고, 오분의 일이 추녀, 추남이 되는 셈이다. 터키나 영국에서 접종을 받은 사람들 중 원래 병약해서 살아남기 어려운 사람을 제외하면, 아무도 죽은 사람이 없다. 접종이 완벽한 경우, 아무도 얼굴이 얽지 않았고 어느 누구도 두 번 걸리지 않았다. 그러므로 만일 어느 프랑스 대사 부인이 이 비방秘方을 콘스탄티노플에서 파리로 들여왔더라면 분명 그녀는 국가에 지대한 공헌을 할 수 있었을 것이다. 그랬더라면 오몽 공작의 부친인 빌르키에 공작이 한창나이에 죽는 일도 없었을 것이다. 그렇게 늠름하고 건강했던 그분은 병마에 쓰러지지 않았을 것이다.

너무도 건장했던 수비즈 공작이 25세에 세상을 떠나는 일도 없었을 것이다. 루이 15세의 조부인 왕세자 역시 50세에 무덤에 들어가지 않았을 것이고 1723년에 파리에서 천연두로 죽은 2만 명은 여전히 살아 있을 것이다.* 그럼 어찌된 일일까? 프랑스인들은 삶을 사랑하지 않는단 말인가? 여성들은 미모에 관심이 없단 말인가? 정말이지, 우리 프랑스인들은 이상한 사람들이다! 어쩌면 프랑스에서는 이 영국식 종두 접종이 10년 후에나 시작될지도 모른다. 사제들과 의사들이 허락한다면 말이다. 하지만 어쩌면 바로 석 달 뒤에 시작될지도 모른다. 만일 영국인들이 무단히 종두에 싫증이 나서 접종을 중단한다면, 프랑스인들은 반대로 무단히 변덕이 나서 갑자기 접종을 시작할지도 모른다.

내가 아는 바로는 중국인은 100년 전부터 이를 실행하고 있다. 세상에서 가장 현명하고 가장 문명화되었다고 여겨지는 이 나라의 사례는 중요한 전범이 된다. 물론 중국인들의 접종 방식은 다르다. 그들은 상처를 내지 않고 코담배처럼 천연두를 코로 흡입한다. 이 방법이 좀더 편하겠지만 어쨌든 효과는 같다. 이 역시 만일 프랑스에서 종두법이 실시되었더라면 수많은 인명을 구했을 것이라는 점을 뒷받침한다.

---

* 당시의 자료에 의하면 2만 명이라는 숫자는 과장된 것으로 보인다.

편지 12
베이컨 대법관에 관하여

얼마 전 어떤 유명한 모임에서 카이사르, 알렉산드로스, 티무르, 크롬웰 등 중에서 누가 가장 위대한 인물인가 하는 진부하고 시시한 문제를 둘러싸고 토론이 벌어진 적이 있다.

어떤 이는 이론의 여지 없이 아이작 뉴턴이라고 대답했다. 맞는 말이다. 만일 천부적으로 비범한 재능을 타고나 자신과 타인을 계발啓發하는 것이 진정한 위대함이라고 한다면 천 년에 한 번 나올까 말까 한 뉴턴 같은 사람이야말로 진정한 위인일 것이다. 그리고 어느 세기나 빠지지 않는 정치가나 정복자는 대개 뛰어난 악인일 뿐이다. 우리가 진정으로 존경해야 할 사람은 무력을 사용하여 타인을 노예로 만든 사람이 아니라 진리의 힘으로 정신을 지배한 인물이며, 세계를 파괴한 사람이 아니라 세계를 제대로 알게 만든 사람이다.

영국이 배출한 유명한 사람들에 대해 말해달라는 여러분의 요구에 부응해서 지금부터 베이컨, 로크, 뉴턴 등을 필두로 이야기를 풀어나가려고 한다. 장군과 장관 들은 그후에 다뤄질 것이다.

우선 유럽에서 베이컨이란 이름으로 널리 알려진 베룰럼 백작*부터 시작하겠다. 그는 옥새상서의 아들로 제임스 1세 치하에서 오래도록 대법관을 지냈다. 그의 직무는 만만한 것이 아니었다. 게다가 궁정의 책모에도 신경을 써야 하는 등, 다망한 공무 가운데서도 틈을 내어 위대한 철학자, 훌륭한 역사학자, 세련된 저술가로서의 업적을 쌓았다. 더욱 놀라운 점은 그가 살았던 당대 사람들은 훌륭한 저술을 몰랐고, 뛰어난 철학은 더더욱 알지 못했다는 점이다. 세상사가 대체로 그렇듯이, 그는 살아 있을 때보다 죽은 후에 더 높게 평가받았다. 그의 적들은 런던 궁정에 있었고, 지지자들은 유럽 전역에 퍼져 있었다.

프랑스 앙리 대왕의 딸인 마리 공주가 영국 왕세자인 웨일스 공작과 결혼하려고 영국에 왔을 때, 그녀를 모시고 온 에피아 후작은 베이컨을 방문했다. 당시 베이컨은 와병중이라 침대에 커튼을 친 채 후작을 맞았다. 후작은 이렇게 말했다. "당신은 천사와 닮았습니다. 우리는 항상 천사 얘기를 듣고, 그들이 인간보다 훨씬 뛰어나다고 생각합니다. 하지만 천사를 본 사람은 없지요."**

베이컨이 뇌물을 받았다는 전혀 철학자답지 않은 죄로 기소되었으

---

* 프랜시스 베이컨은 백작 작위를 받지 않았다. 그는 베룰럼 남작, 세인트 올번스 자작 작위를 가지고 있었다.

** 에피아 후작이 영국을 방문한 때는 베이컨이 탄핵당해 공직에서 물러난 다음인 1624년이다.

며, 상원에서 우리 돈으로 약 40만 프랑의 벌금형을 받았고, 대법관과 상원의원직을 박탈당했다는 것은 모두가 주지하는 바이다.*

오늘날, 영국인들은 그가 죄를 범했다는 사실을 밝히고 싶어하지 않는다. 그만큼 그를 소중히 추모한다. 여러분이 이에 대한 나의 의견을 묻는다면 내가 들은 볼링브로크 경의 말을 인용하여 대답하겠다. 볼링브로크 경이 참석한 어떤 회합에서 말버러 공작이 인색하다는 얘기가 나왔을 때, 사람들은 그중 몇몇 사례에 대해 그의 의견을 물었다. 그가 말버러 공작과 적대 관계에 있었다는 것은 모두가 아는 사실이었으므로 그라면 제대로 얘기해줄 수 있을 터였다. 볼링브로크 경은 이렇게 대답했다. "그는 너무도 위대한 사람이어서 그의 악덕은 잊어버렸습니다."

그러므로 나는 베이컨 대법관에 대해 유럽인의 존경을 받을 만한 것만 이야기하겠다.

그의 저서 중에서 가장 독창적이고 훌륭한 것은 오늘날 가장 적게 읽히고 가장 쓸모없는 것이다. 바로 『노붐 오르가눔』** 말이다. 이 책은 새로운 철학의 정립에 비계飛階 같은 역할을 했다. 그런데 건축물이 어느 정도 세워지자 비계는 더이상 필요하지 않았다.

베이컨 대법관은 자연을 알지 못했다. 그러나 그는 그것에 이르는 길을 알아내어, 방향을 제시했다. 일찍이 그는 대학에서 철학이라 부르

* 영국 역사가들에 의하면 벌금은 4만 파운드, 즉 백만 프랑이었다.

** Novum Organum(1620). '신기관(新機關)'이라는 뜻. 아리스토텔레스의 저서, 업적을 통틀어 '오르가논'이라 하는데, 그러한 아리스토텔레스의 논리학에 대항하는 새로운 논리학, 즉 새로운 학문 방법을 말한다.

는 것*을 경멸했으며 인간 이성의 완성을 위해 세운 대학들이 오히려 이를 망치지 못하도록 막기 위해 가능한 모든 일을 다 했다. 당시 대학은 본질이니, 진공공포**니, 실체적 형상***이니 하는 온갖 쓸데없는 말로 이성을 망치고 있었는데, 사람들은 무지해서 이런 당치않은 말들을 존중할 뿐만 아니라 우스꽝스럽게도 종교와 결부시켜 거의 신성시했다.

그는 경험철학의 아버지다. 물론 그 이전에도 인간은 여러 놀라운 비밀을 발견했다. 나침반, 인쇄술, 동판화, 유화, 유리, 노인의 시력을 어느 정도 회복시켜주는 방법인 돋보기, 화약 등을 발명했다. 신세계를 찾아 나서고, 발견하고, 정복했다. 이런 대단한 발견들은 지금보다 훨씬 개명한 시대에, 위대한 철학자들에 의해 이루어졌을 거라고 생각하기 쉽다. 그러나 실제로는 전혀 그렇지 않다. 이런 위대한 변화가 일어난 때는 지독한 야만의 시대였고, 이 발견들은 대부분 우연의 산물이었다. 심지어 아메리카대륙의 발견에도 우연이라 불릴 만한 것이 크게 작용한 듯하다. 전해오는 말에는 크리스토퍼 콜럼버스가 아메리카대륙을 향해 출항한 것은 폭풍우를 만나 카리브해의 어느 섬까지 밀려갔다 돌아온 어느 선장의 경험담을 전적으로 믿었기 때문이라고 한다.

어찌되었건 인간은 세상 끝까지 갈 수 있게 되었고, 진짜 벼락보다

---

* 아리스토텔레스 철학에 기반을 둔 스콜라철학을 말하는데 프랑스 대학에서는 18세기에도 여전히 지배적이었다.

** Horror Vacui. 아리스토텔레스의 용어로 '자연은 빈 곳을 혐오한다'는 주장이다. 그에 의하면 자연에는 진공이 없다. 진공이 시작되려고 하면 곧바로 옆에 있는 보다 밀도 높은 물질이 그것을 채우기 때문이다. 이 이론은 17세기에 들어 유체역학 분야에서 논쟁거리가 되었고, 18세기 초 뉴턴과 라이프니츠 사이에 논쟁을 일으키기도 했다.

*** forma substantialis. 스콜라철학의 용어. 질료에 일정한 규정을 주고, 그것을 실체로 간주하고 구성하는 형상을 말한다. 반대개념은 우연적 형상(forma accidentalis)이다.

더 무서운 인공 벼락으로 도시를 파괴할 수 있게 되었다. 그러나 그들은 혈액순환을 알지 못했고, 대기압, 운동의 법칙, 빛의 속성, 행성의 수를 몰랐다. 그럼에도 불구하고 누군가가 아리스토텔레스의 범주론이나 보편적인 물질적 존재*, 혹은 그 비슷한 쓸데없는 것에 대한 논문을 발표하면 마치 대단한 일처럼 천재 소리를 들었다.

가장 놀랍고 유용한 발명은 정신의 산물이 아니다.

모든 기술은 인간 대부분이 지닌 기계적 본능에 의해 발명되며 결코 고매한 철학의 산물이 아니다.

불의 발견, 제빵 기술, 제련製鍊 기술, 건축술, 방추의 발명은 모두 인쇄술이나 나침반과는 전혀 다른 필요성을 지닌 것이다. 이 기술들은 모두 미개 상태에 있던 인간들이 발명했다.

그후, 그리스인과 로마인은 이런 기술들을 참으로 훌륭하게 사용했다. 그러나 당시 사람들은 하늘이 수정으로 이루어져 있다고 믿었고, 별들은 작은 등불로 때때로 바다에 떨어지기도 한다고 믿었다. 그리고 당시 위대한 철학자 중 한 사람**은 오랜 연구 끝에 천체가 지구에서 떨어져나간 조약돌이라는 것을 알아냈다.

한마디로 말해, 베이컨 대법관 이전에는 어느 누구도 경험철학을 알지 못했다. 그리고 베이컨 이후에 행해진 모든 물리 실험 중에 그가 책에 이미 언급하지 않은 것은 거의 없다. 그 자신도 여러 실험을 했다. 그는 일종의 공기펌프를 만들었고, 이를 통해 공기에 탄성이 있음을 짐

* a parte rei. 스콜라철학의 개념으로 '실제 세계 속의 존재'를 말한다. 반대개념은 '정신 속의 존재'를 뜻하는 'a parte intellectus'다.

** 아낙사고라스(510~428 BC). 소크라테스 이전의 그리스 철학자.

작했다. 또한 대기압 발견에 매우 근접하기도 했다. 그러나 실제 발견은 토리첼리가 해냈다.* 그로부터 얼마 후, 실험물리학이 갑자기 유럽 대부분의 지역에서 동시에 연구되기 시작했다. 베이컨은 그것이 숨겨진 보물이라고 짐작했고 철학자들은 그의 말에 고무되어 그 보물을 발굴하려고 달려들었다.

그러나 내가 가장 놀란 것은 뉴턴 씨가 발견했다고 알려진 새로운 인력引力에 관한 내용이 그의 책에 명시되어 있다는 점이다.

베이컨은 다음과 같이 말한다. "지구와 무게가 있는 물체 사이에, 달과 대양 사이에, 그리고 여러 행성들 사이에 일종의 자력磁力이 작용하지 않는지 알아봐야 한다."**

또다른 곳에서 그는 이렇게 말한다. "무거운 물체가 지구 중심을 향해 가도록 되어 있거나 서로 끌어당기는 것이 틀림없다. 후자의 경우, 떨어지는 물체들이 땅에 가까워질수록 서로 강하게 끌어당기는 게 확실하다. 같은 추시계가 산의 정상에서 빨리 가는지 아니면 광산의 바닥에서 빨리 가는지 비교해봐야 한다. 만일 추를 아래로 당기는 힘이 산 위에서 약해지고, 광산에서 강해진다면 지구는 진짜 인력을 가지고 있다고 봐야 할 것이다."***

이 철학의 선구자는 유려한 문장가이자 역사가이며, 재사才士이기도 했다.

---

* 볼테르의 주장과는 달리 베이컨은 대기압에 대한 개념을 알지 못했던 것으로 보인다. (Bacon, *Novum scientiarum organum*, Londoni, 1620, II, 40 참조).

** 같은 책, II, 45.

*** 같은 책, II, 36.

그의 『도덕론』은 높은 평가를 받았지만 재미가 아니라 가르침을 주기 위한 책이다. 게다가 라로슈푸코 씨의 『잠언집』처럼 인간 본성에 대한 풍자도 아니고, 몽테뉴의 것처럼 회의주의적 저작도 아니어서 기지가 넘치는 이 두 책에 비해 덜 읽힌다.

『헨리 7세의 역사』는 걸작으로 평가되었다. 그러나 내 생각으로는 우리의 고명한 드투의 작품*과는 비교할 수 없다.

부르고뉴 공작부인**의 부추김을 받아 영국 왕 리처드 4세를 자처하며 헨리 7세와 왕위를 다툰 그 유명한 유대인 사기꾼 파킨스***에 대해 베이컨 대법관은 다음과 같이 말했다.

"당시 헨리왕은 악령에 쫓겼는데 이는 바로 부르고뉴 공작부인의 마법 때문이다. 그녀는 헨리왕을 괴롭히기 위해 지옥에서 에드워드 4세의 망령을 불러냈다. 파킨스를 교육시킨 부르고뉴 공작부인은 이 혜성을 하늘의 어느 곳에 출현시킬까 숙고하다가 먼저 아일랜드의 지평선에서 터뜨리기로 결심했다."

우리의 현명한 드투라면 이런 난삽한 글은 쓰지 않을 것이다. 예전에는 이런 것을 고상하다고 했지만 요즘에는 횡설수설이라고 제대로 일컫는다.

---

* 프랑스 역사가 자크 오귀스트 드투(1553~1617)의 『우리 시대의 역사』를 뜻한다.

** 에드워드 4세와 리처드 3세의 누이인 요크의 마거릿(1446~1503)을 말한다.

*** 퍼킨 워벡(1474~1499). 에드워드 4세의 차남을 사칭하여 영국 왕위 계승권을 주장한 플랑드르 출신의 사기꾼.

편지 13

로크 씨에 관하여

로크 씨보다 더 현명하고, 체계적이고, 엄밀한 논리학자는 일찍이 없었던 듯하다. 그러나 그는 위대한 수학자는 아니었다. 지루한 계산이나 언뜻 보아 지성에 아무런 감흥도 주지 못하는 무미건조한 수학적 진리를 캐는 작업을 견디지 못했다. 그러나 기하학의 도움 없이도 기하학적 정신을 가질 수 있다는 것을 로크보다 잘 보여준 사람은 없었다. 로크 이전의 위대한 철학자들은 인간의 영혼이 무엇인지 확실하게 정의했다. 그러나 실제로 그들은 영혼에 대해 전혀 알지 못했다. 그러므로 당연히 모두들 이에 대해 서로 다른 견해를 가지고 있었다.

예술의 요람인 동시에 오류의 요람인 그리스는 인간 정신이 얼마나 위대하며, 동시에 얼마나 어리석을 수 있는지 극명하게 보여준다. 그들 역시 우리와 마찬가지로 인간 영혼에 관해 온갖 추론을 늘어놓았다.

위대한 아낙사고라스는 해가 펠로폰네소스반도보다 더 크고 눈雪이 검은 색이며 하늘은 돌로 되어 있다고 했는데, 이러한 가르침을 준 대가로 사람들은 그를 기리는 제단을 세웠다. 그는 영혼이 공기 같은 정령이지만 불멸이라고 단언했다.

위조화폐를 만들다가 견유학파 철학자가 된 디오게네스*가 아닌 또 다른 디오게네스**는 영혼이란 신의 실체의 일부분이라고 주장했는데*** 이 견해는 나름 기발하다.

에피쿠로스는 영혼도 몸처럼 여러 부분으로 구성되어 있다고 했다. 아리스토텔레스의 말은 사람들이 도무지 이해하지 못해 각양각색으로 설명되었다. 몇몇 제자의 설명에 따르면 그는 모든 인간의 오성을 유일하며 동일한 실체로 보았다고 한다.

위대한 아리스토텔레스의 스승인 위대한 플라톤과 위대한 플라톤의 스승인 위대한 소크라테스는 영혼이 육체적이고 영원하다고 말했는데, 이는 분명히 소크라테스의 수호신이 그에게 알려주었을 것이다. 물론 수호신이 곁에 있다고 주장하는 이들은 모두 미치광이이거나 사기꾼이라고 일소에 붙이는 사람들도 있다. 그러나 그런 사람들은 너무 유별나게 구는 듯하다.

---

* 시노페의 디오게네스(400?~323 BC). 그리스 견유학파의 대표적 철학자. 위폐를 만들었다는 죄목으로 고향인 시노페에서 쫓겨나 아테네로 갔다. 알렉산드로스대왕에게 해를 가리지 말라고 했다는 일화가 유명하다.

** 아폴로니아의 디오게네스. 기원전 450년경 활약한 그리스 철학자로, 아낙사고라스와 동시대 인물이다.

*** 귀스타브 랑송에 의하면 이탈리아 철학자 안드레아 체살피노의 주장인데, 볼테르가 잘못 인용한 것이다.

우리 교회의 교부들로 말하자면, 그들 중 일부는 초기의 몇 세기 동안 인간의 영혼과 천사와 신이 육체를 가지고 있다고 믿었다.

세상은 점점 더 세련되어간다. 마비용 신부*에 따르면 성 베르나르**는 영혼에 대해 다음과 같이 가르쳤다고 한다. '죽은 후에 영혼은 하늘에서 신을 볼 수 없으며, 단지 예수그리스도의 인성과 대화한다.' 그러나 사람들은 성 베르나르의 말을 덮어놓고 믿지는 않았다. 십자군 원정 문제로 그의 말에 대한 신뢰가 떨어졌기 때문이었다. 그다음으로 수없이 많은 스콜라철학자가 나타났다. 항변抗辯 불가능 박사, 난해 박사, 천사 박사, 거룩 박사, 지품천사 박사 등 온갖 박사들이 나타나 영혼이 무엇인지 분명히 안다고 주장했지만 어느 누구도 그에 대해 제대로 말하지 못했고, 따라서 아무도 그들의 말을 이해하지 못했다.

우리의 데카르트는 고대의 오류를 찾아내기 위해, 그러나 자신이 만든 오류로 그것을 대체하기 위해 태어난 사람이다. 무릇 체계적인 정신이 너무 과하면 아무리 위대한 사람도 장님이 되는 법이라, 데카르트 역시 체계적인 정신에 매몰된 나머지 영혼이 생각과 동일하며 물질이 공간과 동일하다는 사실을 증명했다고 믿었다. 그는 사람은 잠시도 쉬지 않고 항상 생각하고 있으며, 영혼은 모든 형이상학적 관념을 장착하고서 육체에 들어온다고 확신했다. 그에 의하면 영혼은 신과 공간, 영

* 장 마비용(1632~1707). 프랑스 주교, 역사가, 베네딕트회 수도사.

** 성 베르나르 드 클레르보(1090~1153). 프랑스의 디종 출신 수도원장. 시토수도회의 창설자. 제1차 십자군 원정에서 기독교도들이 세운 예루살렘 왕국이 위기에 처하자 교황은 성 베르나르에게 십자군 원정을 독려하는 임무를 맡겼다. 그는 이 임무를 훌륭히 수행하여 많은 참가자를 모집했다. 그러나 제2차 십자군 원정이 실패로 끝나자 그에 대한 책임론이 대두되었고, 성 베르나르는 교황에게 사죄의 편지를 썼다.

원을 알고 있고 온갖 추상적 개념을 비롯한 모든 지식을 가지고 있으나 어머니 배에서 나올 때 안타깝게도 그 모든 지식을 잊어버린다.

오라토리오회 수사인 말브랑슈 씨는 생득관념을 인정했을 뿐만 아니라 우리가 모든 것을 신神 안에서 본다는 것, 즉 신이 우리의 영혼이라는 것을 믿어 의심치 않았는데 이는 모두 착각에 불과했다.

이렇게 수많은 이론가가 영혼에 대한 소설을 지어낸 다음, 한 현자가 나타나 영혼에 대한 소박한 역사를 썼다.* 로크는 마치 뛰어난 해부학자가 인체의 구조를 설명하듯이 인간 이성에 대해 상세히 설명했다. 그는 도처에서 물리학의 도움을 받아 때로 대담하게 단언하고 때로는 대담하게 의심했다. 그는 우리가 알지 못하는 것을 단번에 정의하기보다는 우리가 알고자 하는 것을 단계적으로 검토해나갔다. 그는 갓 태어난 아이를 연구 대상으로 삼아, 오성의 발달단계를 한 걸음씩 따라가면서 그 아이의 어떤 점이 동물과 같고, 또 어떤 점이 동물보다 나은지를 살폈다. 그는 자기 자신의 경험에 비추어보았고, 자신의 머릿속에 떠오르는 생각들을 면밀히 살폈다.

그는 이렇게 말한다. "우리 영혼이 육체보다 먼저, 혹은 나중에 생겼는지에 대한 검토는 그에 대해 나보다 더 잘 아는 사람이 하면 될 것이다. 하지만 고백하건대 내 영혼은 우둔한 편이라서 잠시도 쉬지 않고 항상 생각하고 있지 않다. 게다가 나는 육체가 항상 움직일 필요가 없듯이 영혼 역시 항상 생각하고 있을 필요가 없다고 생각한다."**

---

* 1724년에 발간된 클로드 뷔피에의 책 『제1진리론』에서 뷔피에는 인간 정신에 관한 데카르트나 말브랑슈의 설명을 소설에, 로크의 설명을 역사에 비유했다.

** 존 로크, 『인간오성론』, 제2권, 1장, 10.

나는 나 자신이 로크와 마찬가지로 우둔한 것이 자랑스럽다. 나는 항상 무엇인가를 생각하고 있지 않다. 그리고 누구라도 내게 그걸 믿게 만들 수는 없다. 또한 로크와 마찬가지로, 나 역시 내가 수정된 지 몇 주밖에 안 된 태아였을 때는 온갖 것을 아는 매우 유식한 존재였다가 세상에 태어나는 순간 모두 까맣게 잊어버렸다고는 생각하지 않는다. 또한 자궁 속에 있을 때는 전혀 쓸모가 없는데도 많은 지식을 가지고 있다가 정작 필요할 때는 잊어버리고, 그후에는 결코 다시 습득할 수 없었다고는 생각할 수 없다.

로크는 생득관념을 타파하고 사람이 끊임없이 생각하고 있다는 허영스러운 믿음을 포기했다.* 대신 그는 우리의 모든 관념이 감각을 통해 온다고 주장하면서 단순관념과 복합관념을 검토했다.** 또한 인간 정신의 작동 방식을 추적하고, 인간이 쓰는 언어가 얼마나 불완전한지, 그리고 우리가 매 순간 말을 얼마나 잘못 쓰고 있는지를 보여주었다.***

마지막으로 그는 인간 지식의 범위를 고찰했는데 사실상 그는 지식의 범위가 아니라 지식이 없다는 것, 즉 지식의 비실재성을 고찰했다.**** 이 장에서 그는 다음과 같은 대담한 주장을 매우 조심스럽게 제시했다. "우리는 순수하게 물질적인 존재가 사고思考하는지 아닌지 절대로 알 수 없을 것이다."

신학자들 중에는 이 조심스러운 소견을 영혼이란 불멸이 아닌 물질

---

* 같은 책, 제1권, 1~3장 및 제2권, 1, 10.

** 같은 책, 제2권, 1장, 2, 2~12장.

*** 같은 책, 제2권, 9~11장 및 23장, 제3권, 9~10장.

**** 같은 책, 제4권, 3장.

에 불과하다는 괘씸한 선언으로 간주한 사람들도 있었다.

나름 독실한 신자인 몇몇 영국인이 경보를 울렸다. 군대에서 비겁자들이 그러하듯 미신을 믿는 사람들은 자신들이 겁을 집어먹을 뿐만 아니라 사회 전체에 공포심을 퍼뜨린다. 그들은 로크가 종교를 타도하려 한다고 외쳤다. 그러나 종교와는 전혀 무관한 일이었다. 그것은 신앙이나 계시와는 별개로, 순수한 철학적 문제였다. 물질은 사고할 수 있다는 말에 모순이 있는지, 그리고 신은 물질에 사고능력을 부여할 수 있는지를 차분하게 검토해보면 되는 일이었다. 그러나 신학자들은 대체로 자신들과 의견이 다르면 신성모독이라고 떠들어대기부터 한다. 데프레오*의 조롱을 받자 그가 왕을 헐뜯었다고 모함한 시원찮은 시인들의 태도와 너무도 비슷하다.

스틸링플리트 박사는 로크에 대해 대놓고 욕하지 않았다는 이유로 온건한 신학자라는 평판을 얻었다. 그는 로크와 논쟁을 벌여 패배했다. 그도 그럴 것이 그는 신학박사로서 추론한 반면 로크는 인간 정신의 장단점을 알고 있는 철학자로서 논리를 펼쳤기 때문이다. 말하자면 로크는 자기가 사용하는 무기를 잘 알고 있었던 것이다.

내가 감히 로크 씨의 뒤를 이어 이 미묘한 주제에 대해 말한다면 다음과 같이 말하겠다. 인간은 영혼의 본질과 불멸성에 대해 오랫동안 논쟁해왔다. 먼저 불멸성의 문제는 증명 불가능하다. 어떤 피조물이 불멸인지 아닌지를 알려면 먼저 그것의 본질부터 속속들이 알아야 하는데, 사람들은 여전히 영혼의 본질에 대해서 논쟁하는 중이니 말이다. 인간

* 17세기 프랑스 시인이자 비평가인 부알로의 다른 이름.

이성은 영혼의 불멸성을 증명할 수 없으므로 종교가 계시로써 알려줘야 했다. 모든 인간의 공통 이익을 위해서 영혼 불멸을 믿어야 한다. 신앙 또한 그것을 명한다. 더이상 무엇이 필요한가? 그것으로 문제는 해결된 것이다. 그러나 영혼의 본질 문제는 좀 다르다. 영혼이 덕성스럽기만 하다면 그 실체가 무엇인지는 종교와 별 상관이 없다. 그것이 만약 시계라면 우리는 단순히 그것의 관리만을 위임받았을 뿐, 시계를 만든 장인은 그 시계의 태엽이 무엇으로 만들어졌는지 가르쳐주지 않았다.

나는 육체이고, 나는 생각한다. 그 이상은 모른다. 내가 알고 있는 유일한 부차적인 원인에 쉽게 결부시킬 수 있는데도 불구하고 내가 모르는 어떤 다른 원인을 찾아야만 할까? 이 부분에서 스콜라학파의 모든 철학자들은 나를 막으며 이렇게 말할 것이다. "육체에는 부피와 고체성만이 있으며 따라서 운동과 형태만을 가질 뿐이다. 그런데 운동과 형태, 부피와 고체성은 사고를 만들어내지 못한다. 그러므로 영혼은 물질이 아니다." 숱하게 되풀이된 이 훌륭한 추론은 결국 다음의 말로 요약된다. "나는 물질이 무엇인지 전혀 모른다. 나는 그것의 몇몇 속성을 불완전하게 짐작한다. 그런데 나는 이 속성들이 사고와 관련될 수 있는지 어떤지 전혀 모른다. 따라서 나는 물질은 사고할 수 없다고 단호하게 주장한다. 내가 아무것도 모르기 때문이다." 이것이 스콜라학파의 추론 방식이다. 로크는 이 학자들에게 단도직입적으로 말할 것이다. "당신들도 나만큼 모른다는 것을 인정하시오. 당신들이나 나나 어떻게 육체가 생각을 가질 수 있는지 이해할 수 없습니다. 그런데 그 실체가 무엇이건 간에 어떤 물체가 생각을 가질 수 있다고 생각한단 말입니까? 당신들은 물질도 정신도 이해하지 못하면서 어떻게 감히 무언가를 단언하는 겁니까?"

다음에는 미신에 사로잡힌 자가 나타나 육체만으로 생각할 수 있다고 생각하는 사람들을 화형시켜야 한다고 주장한다. 그것이 그들의 영혼을 위한 길이라는 것이다. 하지만 만일 종교에 대한 불경죄를 범한 사람들이 바로 그들 자신이라고 한다면 무어라고 말할까? 창조주가 물질에 생각과 감정을 부여하지 못한다고 주장하는 것은 불경이 아니고 무엇인가? 창조주의 권능을 그렇게 한정짓다니, 여러분은 이제 궁지에 몰렸다! 동물들도 우리와 똑같은 기관, 똑같은 감정, 똑같은 지각을 갖추고 있으며 기억력이 있고 몇 가지 생각을 할 수도 있다. 만일 신이 물질에 생명과 감정을 부여할 수 없었다고 한다면 둘 중 하나여야 한다. 동물들은 단순한 기계에 불과하거나 아니면 그들 역시 정신적 영혼을 가지고 있는 존재이거나.

동물들이 단순한 기계가 아니라는 것은 거의 증명된 것 같다. 이에 대한 나의 증명은 다음과 같다. 신은 동물에게 우리와 똑같은 감정 기관을 만들어주었다. 그러므로 만일 그들이 느낄 수 없다면 신은 쓸데없는 기관을 만든 셈이다. 그런데 여러분이 말하듯 신은 쓸데없는 일은 절대 하지 않는다. 그러므로 감정을 느끼지 않는다면 감정 기관을 만들지도 않은 것이다. 따라서 동물들은 결코 단순한 기계일 수 없다.

여러분은 동물들이 정신적 영혼을 가질 수 없다고 주장한다. 그러나 우리는 다음과 같이 말할 수밖에 없다. 동물들의 기관은 물질이고 신은 물질인 그 기관에 감정능력과 지각능력을 부여했는데, 당신들은 동물이 지닌 이러한 능력을 본능이라 부르고 있다고 말이다.

그러니 누가 막을 수 있겠는가? 신이 우리 몸에 있는 훨씬 정밀한 기관 속에다 우리가 인간 이성이라고 부르는 것, 즉 느끼고 지각하고 사고하는 능력을 부여하는 것을. 어느 쪽을 돌아보아도 이제 여러분은 자신의 무지와 창조주의 무한한 권능을 인정할 수밖에 없게 되었다. 그러므로 이제 더이상 로크의 지혜롭고 온건한 철학에 반발하지 마시라. 로크의 철학은 종교에 반하기는커녕 종교의 증명에 공헌할 수 있을 것이다(종교에 그런 증명이 필요하다면 말이지만). 그의 철학은 명료하게 이해한 것만 말하며 그 약점을 솔직히 드러낸다. 그리고 근본원리들을 검토할 때는 즉시 신에게 도움을 청하라고 말한다. 이보다 더 종교적인 철학이 또 어디 있겠는가?

게다가 어떤 철학적 의견이 한 나라의 종교에 해를 입히지는 않을까 하는 그런 걱정 따위는 할 필요가 없다. 기독교 철학자들은 종교적 신비가 논증에 반할 때도 여전히 그것을 존중한다. 그들은 이성과 신앙의 대상이 전혀 다른 성질의 것이라는 사실을 알고 있기 때문이다. 철학자들은 결코 종교 분파를 만들지 않을 것이다. 왜냐고? 철학자들은 일반 대중을 위해 글을 쓰지 않을뿐더러 열광할 줄도 모르는 사람들이기 때문이다.

인류를 20개의 집단으로 나누어보라. 그중 열아홉은 육체노동을 하는 사람들로 이 세상에 로크라는 사람이 존재하는지도 모른다. 남은 이십분의 일의 사람들 중 글을 읽을 줄 아는 사람은 얼마나 적은가! 게다가 글을 읽을 줄 아는 사람들 중에서 스무 명이 소설을 읽는다면 겨우 한 명만이 철학을 공부한다. 사고하는 사람의 수는 지극히 적고 그들은 세상을 어지럽힐 생각이 없다..

자기 나라에 불화의 씨를 퍼뜨린 사람은 몽테뉴, 로크, 벨, 스피노자, 홉스, 섀프츠베리 경, 콜린스 씨, 톨런드 씨 같은 사람들이 아니라 거의 대부분 신학자다. 처음에 종파의 지도자가 되려 했던 그들은 나중에는 정당의 우두머리가 될 야심을 품었다. 정말이지, 모든 현대 철학자의 책을 다 합해도 그 옛날 프란체스코회 수도사들이 옷소매나 두건 모양 때문에 벌였던 논쟁만큼도 이 세상에 소란을 일으키지 못할 것이다.

편지 14

데카르트와 뉴턴에 관하여

프랑스인이 런던에 오면 다른 모든 것과 마찬가지로 철학 역시 매우 다르다는 것을 알게 된다. 우리는 세계가 가득차 있다고 보는데 여기서는 텅 비었다고 생각한다. 파리에서는 우주가 미세 물질의 소용돌이로 이루어져 있다고 보는데 런던에서는 그렇게 보지 않는다. 프랑스에서는 달이 바다를 눌러서 밀물이 일어난다고 하는데, 영국에서는 바다가 달에게 끌려간다고 한다. 따라서 달이 밀물을 일으킨다고 우리가 생각할 때, 그들은 달이 썰물을 일으킨다고 생각한다. 그러나 불행히도 어느 쪽이 맞는지 확인할 수 없다. 그러려면 창조의 첫 순간에 달과 조수가 어땠는지를 살펴보아야 하기 때문이다.

또 프랑스에서는 이 문제에 태양은 전혀 상관이 없다고 보는 데 반해, 영국에서는 사분의 일쯤 영향을 미친다고 본다. 데카르트를 신봉하는 프랑스에서는 모든 것이 우리가 알지 못하는 어떤 추진력에 의해 일어난다고 믿는 반면, 뉴턴 씨의 나라에서는 모든 것이 인력에 의해 일어난다고 믿는데 그 인력의 원인 역시 모르기는 마찬가지다. 파리에서는 지구가 멜론처럼 둥글다고 생각하는 데 반해 런던에서는 양측이 평평한 편구偏球라고 한다. 데카르트 신봉자는 빛이 공기 중에 존재한다고 보지만 뉴턴 신봉자들은 태양에서 6분 30초 만에 오는 것이라고 본다. 프랑스의 화학은 산과 알칼리, 그리고 미세 물질에 의해 모든 작용이 이루어지지만 영국에서는 화학까지도 인력이 지배한다.

사물의 본질 문제에서도 매우 다르다. 영혼에 대한 정의나 물질의 정의에서도 두 나라는 의견 일치를 보는 법이 없다. 데카르트는 영혼이 사고思考와 같다고 확언했지만 로크는 그 반대를 증명했다.

또한 데카르트는 물질을 이루는 것은 부피뿐이라고 했지만 뉴턴은 거기에 고체성을 더했다. 정말이지 대단한 불일치다.

그처럼 대단한 논쟁을 판정하는 것은 우리 몫이 아니다.*

데카르트 철학 체계의 파괴자인 유명한 뉴턴은 1727년 3월에 죽었다. 살아 있을 때는 국민들의 존경을 한몸에 받았고, 죽고 나서는 백성들에게 선정을 베푼 왕과 같은 장례식이 치러졌다.

영국인들은 퐁트넬이 프랑스 과학 아카데미에서 뉴턴 씨에게 바친 찬사를 열심히 읽고, 영어로 번역했다. 그들은 퐁트넬 씨의 평가가 영

* Non nostrum inter vos tantas componere lites. 베르길리우스, 『전원시』, III, 108.

국 철학의 우위에 대한 공식 선언이 될 거라고 기대했다. 그러나 막상 그가 데카르트를 뉴턴에 비유하는 것을 보자 런던 왕립학회는 발칵 뒤집혔다. 그들은 퐁트넬의 평가에 동의하기는커녕 그의 연설을 비판했다. 몇몇 사람은(그들은 일류 철학자는 아니었다) 데카르트가 프랑스인이라는 이유만으로 이 비유에 분개했다.

사실 이 위대한 두 인물은 품행에서나, 운명에서나, 철학에서나 서로 매우 달랐다.

데카르트는 재기 발랄하고 뛰어난 상상력을 타고난 터라 추론 방식뿐만 아니라 사생활에서도 남달랐다. 이 상상력은 철학 저술에도 그대로 발휘되어 책에는 기발하고 재기才氣 넘치는 비유들이 넘쳐난다. 그는 천성적으로 시인에 가까웠고 실제로 스웨덴 여왕을 위해 운문으로 된 막간극을 쓰기도 했으나, 그의 명예를 위해 출판은 되지 않았다.

그는 한동안 군에 복무했고, 이후 완전히 철학자가 되었으나 연애가 격 떨어지는 일이라고는 생각하지 않았다. 정부와의 사이에서 프랑신이라는 딸을 두었는데, 딸이 어린 나이로 죽자 그는 매우 슬퍼했다. 이처럼 그는 인간이 겪을 수 있는 모든 것을 맛보았다.

데카르트는 자유롭게 철학하기 위해서는 세상 사람들, 특히 조국으로부터 벗어날 필요가 있다고 오랫동안 믿었다. 이는 물론 옳은 생각이었다. 당시 사람들은 그를 깨우쳐줄 만한 지식을 가지고 있지 않았고, 오히려 해나 끼칠 뿐이었으니까.

그는 진리를 찾으려고 프랑스를 떠났다. 당시 프랑스에서는 한심한 스콜라철학이 진리를 박해하고 있었기 때문이다. 그러나 그가 피신한 네덜란드의 여러 대학도 한심하기는 마찬가지였다. 당시 프랑스에서는 그의 철학 명제들이 옳은데도 불구하고 단죄를 받고 있었는데 네덜란드에서도 소위 철학자라는 사람들이 그를 이해하지도 못한 채 박해했다. 보다 가까이서 그의 영광을 목도하자, 그에 대한 미움이 더 커졌기 때문이었다. 할 수 없이 그는 위트레흐트대학을 떠났다. 그는 무신론자라는 비난을 받았는데, 이런 비난은 모함하는 자들이 가진 비장의 무기다. 신의 존재에 대한 새로운 증거를 찾기 위해 열과 성을 다한 그가 신을 인정하지 않는다고 비난받은 것이다.

박해를 많이 받는 것은 그만큼 공적이 뛰어나고 명성도 드높기 때문이다. 그는 두 가지 모두를 지닌 사람이었다. 스콜라철학의 암흑과 대중의 미신적 편견이 지배하는 세상에도 한줄기 이성의 빛이 스며들었다. 마침내 그의 이름이 세상에 회자되자 사람들은 금전적 보상을 약속하며 그를 프랑스로 데려오려고 했다. 그에게 1천 에퀴의 연금을 약속한 것이다. 그는 연금을 받기 위해 파리로 갔다. 당시에는 연금 약속 증서를 돈을 받고 팔았기 때문에, 그는 자기 돈으로 이 증서를 샀다. 그러나 그는 실제 연금은 한 푼도 받지 못하고 북 네덜란드로 돌아와 고독한 철학 연구를 계속했다.* 그 당시 위대한 갈릴레이는 지구가 도는 것을 증명했다는 이유로 80세의 나이에 종교재판소 감옥에서 신음하고 있었다. 결국 그는 무리한 일과 때문에 이른 나이에 스톡홀름에서 사망했다. 몇몇 적대적인 학자들, 그리고 그를 미워하는 의사 한 명이 그의

* 1648년 초 파리로 돌아가 시내에 아파트를 얻고 궁정에 맞는 의복을 맞추는 등 준비를 했으나 프롱드 난이 일어나 연금을 못 받고 돌아와야만 했다. 나중에 데카르트는 이에 대해 "나는 내 수중에 들어온 양피지 중 가장 비싸고 쓸모없는 양피지를 사기 위해 파리에 간 것과 마찬가지"라고 썼다.

임종을 지켰을 뿐이다.*

뉴턴 경의 생애는 전혀 달랐다. 그는 85세까지 자기 나라에서 편안하고 행복하고 명예롭게 살았다.

그는 자유로운 나라에서, 그리고 어리석은 스콜라철학이 없어지고 이성만이 계발되던 시대에 태어난 행운을 누렸으며 세상은 그의 적이 아니라 제자가 되었다.

데카르트와의 현저한 차이는 그토록 오랜 생애 동안 뉴턴은 한 번도 여자에 빠지거나 정념을 품은 적이 없었다는 점이다. 그는 어떤 여성도 가까이하지 않았다. 이것은 그의 임종을 지킨 의사들로부터 내가 직접 확인한 사실이다. 이 점에 대해 우리는 뉴턴에게 감탄할 수 있지만 그렇다고 해서 데카르트를 비난해서는 안 된다.

이 두 철학자에 대해 영국인들은 데카르트가 몽상가인 반면, 뉴턴은 현자라고 평한다.

런던에서 데카르트를 읽는 사람은 별로 없다. 사실 그의 저술들은 이제 무용지물이다. 뉴턴을 읽는 사람도 별로 없다. 그의 이론을 이해하려면 매우 박식해야 하기 때문이다. 그럼에도 불구하고 모두가 이 두 사람에 대해 이야기한다. 그들은 데카르트의 공적은 조금도 인정하지 않고, 모든 것을 뉴턴의 공적으로 돌린다. 몇몇 사람들은 우리가 더이상 '진공공포'라는 것에 매달리지 않고, 공기에 무게가 있다는 것을 알

* 데카르트는 1649년 2월 스웨덴의 크리스티나여왕의 초청으로 스톡홀름에 갔다. 여왕은 그에게 새벽 5시에 철학 강의를 해줄 것을 명령했는데, 오전 11시경에야 일어나는 버릇을 가지고 있던 데카르트에게 이것은 매우 괴로운 일이었다. 1650년 2월 1일, 수업 때문에 여왕의 처소로 가느라 새벽 찬바람을 맞아 감기에 걸렸고, 곧바로 폐렴으로 악화되어 1650년 2월 11일 사망했다.

고, 망원경을 사용하게 된 것이 뉴턴 덕택이라고 생각한다. 무식한 사람들은 다른 모든 영웅의 행적을 헤라클레스에게 돌리는데 이런 의미에서 그는 영국인의 헤라클레스다.

앞서 언급한 퐁트넬 씨의 연설에 대한 런던 사람들의 비난 중에는 데카르트가 위대한 기하학자가 아니라는 말까지 있다. 그렇게 말하는 사람들은 유모를 때리는 격이다. 데카르트는 이전의 기하학을 발전시켜 큰길을 닦았고 뉴턴은 그 뒤를 이었다. 데카르트는 곡선을 대수방정식으로 나타내는 방법을 처음 발견한 사람이다. 오늘날 데카르트의 기하학은 당연하게 여겨지지만 당시에는 하도 심오해서 어떤 교수도 그것을 설명하지 못했고 네덜란드에서는 스호턴, 프랑스에서는 페르마만이 그것을 이해할 수 있었다.

데카르트는 기하학과 발명의 정신을 굴절광학에 적용해, 이 학문을 완전히 새롭게 만들었다. 물론 틀린 곳이 몇 군데 있기는 하지만 신대륙을 발견한 사람이 단번에 그 모든 특징을 파악할 수는 없는 법이다. 그후에 와서 땅을 기름지게 만든 사람은 의당 최초 발견자에게 감사해야 한다. 나는 데카르트의 다른 모든 작품에 오류가 많다는 것을 부인하지 않는다.

기하학은 데카르트 자신이 만들었다고 해도 과언이 아닌 선도 학문으로 그의 물리학 연구에도 좋은 길잡이가 될 수 있었을 것이다. 그러나 그는 이 길잡이를 버리고 체계적 정신에 함몰되었다. 그리하여 그의 철학은 무식한 사람들에게나 그럴듯한 기발한 소설이 되어버렸다. 데카르트는 영혼의 본성, 신의 존재에 대한 증명, 물질, 운동 법칙, 빛의 성질에서 오류를 범했다. 그는 생득관념을 인정하고, 새로운 요소들을 창조해내고, 하나의 세계, 그리고 자기 방식대로의 인간을 만들었다. 그러므로 데카르트가 말하는 인간이란 진짜 인간과는 매우 다른 데카르트식 인간에 불과하다는 비판은 정당하다.

그는 형이상학적 오류를 더욱더 밀고 나가서 둘 더하기 둘이 넷인 것은 바로 신이 그렇게 원해서라고 주장했다. 그러나 오류에서도 그는 존경할 만했다. 오류를 범할 때조차도 체계적인 방식을 사용했고, 일관성이 있었기 때문이다. 그는 2천 년 전부터 젊은이들을 오도하던 어리석은 환상을 파괴했다. 또한 동시대인들에게 논리적 사고를 가르침으로써 사람들이 자신을 공격할 수 있는 무기를 제공했다. 그러므로 비록 그 자신이 양화良貨를 지불하지는 못했지만 악화惡貨의 유통을 금지시킨 것만 해도 대단한 공적이라고 할 수 있다.

솔직히 말해서 나는 그의 철학이 뉴턴의 철학과 대등하다고는 생각하지 않는다. 데카르트의 철학은 하나의 시론試論에 지나지 않는 데 반해, 뉴턴의 철학은 걸작이기 때문이다. 그러나 진리의 길 초입으로 우리를 인도한 사람은 그 길 끝에 도달한 사람과 같은 가치를 지닌다.

데카르트는 장님의 눈을 뜨게 하여 고대와 자신이 살던 시대의 오류를 보게 했다. 그가 열어놓은 길은 그후 무한히 넓어졌다. 한때는 로오가 쓴 작은 책*이 물리학 전체를 포괄하는 완벽한 저술로 여겨졌다. 그러나 오늘날 유럽의 여러 아카데미가 출간하는 모든 논문집을 다 합친다 하더라도 물리학 체계의 어스름한 형체조차 잡을 수 없을 것이다. 이 심연을 파들어간 결과, 우리는 그것에 끝이 없다는 사실을 깨달았

* 자크 로오, 『물리학 개론』(1671).

다. 지금부터 우리는 뉴턴 씨가 이 심연에서 무엇을 파냈는지 알아볼 것이다.

편지 15

인력引力의 체계에 관하여

뉴턴 경은 세계의 체계, 빛, 기하학에서의 무한에 관한 발견 덕분에 세계적인 명성을 얻었다. 또한 그는 심심풀이 삼아 연대기를 연구하기도 했다.

나는 이 모든 멋진 개념 중에서 내가 파악할 수 있었던 얼마 안 되는 것을 여러분에게 이야기하려고 한다(허튼소리 없이 제대로 할 수 있다면 말이다).

먼저 우리 세계의 체계 문제에 대해 말하겠다. 행성들이 제 궤도를 따라 도는 원인이 무엇인지, 또한 모든 물체가 지구 표면으로 떨어지는 이유가 무엇인지에 대해 사람들은 오랫동안 논의해왔다.

데카르트의 체계는 (그 이후에 여러 설명이 덧붙여지고, 많이 바뀌었지만) 이에 대한 설득력 있는 이유를 제공하는 듯했다. 특히 이 이유라는 게 매우 간단하고, 모든 사람들이 쉽게 이해할 수 있는 것이었기 때문에 더욱 진리처럼 여겨졌다. 그러나 철학에서는 전혀 이해할 수 없는 것과 마찬가지로 너무 쉽게 이해되는 것도 조심할 필요가 있다.

중력, 지상으로 떨어지는 물체의 가속된 낙하, 궤도를 공전하는 행성의 운행, 축을 중심으로 도는 행성의 자전, 이 모든 것은 운동이다. 그런데 운동은 뭔가 추진력이 있어야만 생긴다. 그러므로 이 모든 것은 뭔가에 밀려서 움직인다고 보아야 한다. 그렇다면 무엇에 밀렸는가? 모든 공간은 무엇인가로 꽉 차 있지만 우리는 그것을 보지 못한다. 그러므로 그것은 매우 미세한 물질이다. 그런데 모든 행성은 서쪽에서 동쪽으로 움직인다. 따라서 이 물질 역시 서쪽에서 동쪽으로 움직이는 것이 틀림없다. 이런 식으로 추측을 거듭하고, 가설에 가설을 거듭 세운 끝에 데카르트는 우주에 광대한 미세 물질의 소용돌이가 있으며 행성들은 이에 휩쓸려 태양 주위를 돈다고 생각했다. 또한 이 큰 소용돌이 속에 매일매일 행성 주위를 도는 작은 소용돌이가 있다고 보았다. 이러한 설명 후에 그는 중력이란 이 매일의 운동에 달려 있다고 주장했다. 왜냐하면 이 작은 소용돌이 속을 도는 미세 물질은 지구의 17배속으로 돌아야 하는데, 그럴 경우 이 물질은 비할 바 없이 큰 원심력을 가지며 모든 물체를 지구 쪽으로 밀어붙일 것이 틀림없기 때문이다. 이것이 데카르트적 체계에서의 중력의 원인이다.

그러나 이 미세 물질의 원심력과 속도를 계산하기 전에 먼저 그러한 물질이 존재하는지를 확인해봐야 했다. 또한 비록 그것이 존재한다고 가정하더라도 그것이 중력의 원인이라는 설명은 맞지 않는다는 것이 증명되었다.

뉴턴 씨는 이 크고 작은 소용돌이들, 즉 여러 행성을 태양 주위로 공전시키는 큰 소용돌이와 행성을 자전시키는 작은 소용돌이를 싸잡아 완벽하게 없애버린 셈이다.

첫째로, 지구의 작은 소용돌이의 경우, 만일 존재한다면 서서히 운동을 멈춰야 한다는 것이 입증되었다. 왜냐하면 만일 지구가 어떤 유체 속에 떠돌고 있다면 이 유체는 지구와 밀도가 같아야 하는데, 그럴 경우 우리가 움직이는 물체들은 크나큰 저항을 받는다. 따라서 1파운드의 무게를 들려고 해도 지구 길이만한 지렛대가 필요할 것이다.

둘째로, 큰 소용돌이의 경우는 더한층 비현실적이다. 이는 이미 참이라고 증명된 케플러의 법칙들과 맞지 않는다. 뉴턴 씨는 목성을 움직인다고 가정되는 유체의 회전과 지구를 움직인다고 가정되는 유체의 회전의 관계는 목성의 공전과 지구의 공전의 관계와 일치하지 않는다는 것을 보여주었다.

뉴턴의 증명은 다음과 같다. 행성은 모두 각각 타원형을 그리며 공전하고 있다. 따라서 각 행성이 원일점遠日點에 있을 때는 상호 간의 거리가 보다 멀고, 근일점近日點에 있을 때는 그 거리가 보다 가깝다는 것이 증명되었다. 그러므로 예를 들어 금성과 화성에 가까이 있을 때 지구의 공전 속도는 멀리 있을 때보다 더 빨라야 한다. 그때 지구를 운반하는 유체의 압력이 세지기 때문이다. 그런데 실제로는 이때 지구의 속도가 더 느려진다.

그는 서쪽에서 동쪽으로 움직이는 우주의 미세 물질이 없다는 것도 증명했다. 혜성은 이 공간에서 때로는 동쪽에서 서쪽으로, 때로는 북쪽에서 남쪽으로 움직이기 때문이다.

마지막으로, 그는 가능한 모든 난제를 일거에 해결하기 위해 플레넘, 즉 충만한 공간이란 불가능하다는 것을, 적어도 그럴 가능성이 높다는 것을 증명했으며 이를 실험해 보였다. 그리하여 그는 아리스토텔레스와 데카르트가 이 세상에서 추방한 진공을 우리에게 돌려주었다.

이 모든 이유와 또다른 여러 이유에 의하여 뉴턴은 데카르트의 소용돌이 이론을 뒤엎었다. 그리고 그것을 대신할 법칙, 즉 이 모든 천체의 운동을 야기하고 그와 동시에 지구의 중력을 만들어낸 원인이 된 자연의 비밀 법칙을 발견할 수 있을지 없을지 몰라 낙담하고 있었다. 1666년, 케임브리지 근처 시골에 내려가 있던 그는 어느 날 정원을 산책하던 중 나무에서 열매가 떨어지는 것을 보고는 깊은 사색에 잠겼다. 모든 철학자가 아주 오랫동안 원인을 찾았으나 성공하지 못했고, 일반 사람들은 그 신비에 신경도 쓰지 않는 중력에 관해서였다. 그는 생각했다. '이들 물체가 북반구의 아무리 높은 곳에서 떨어진다 하더라도 그 낙하는 갈릴레이가 발견한 진행 방식을 따를 것이다. 낙하거리는 시간의 제곱에 비례할 것이다. 무게를 가진 물체를 떨어뜨리는 힘은 땅속 깊은 곳에서나 높은 산에서나 두드러진 차이 없이 같다. 그렇다면 이 힘이 달까지 못 갈 이유도 없지 않은가? 만일 그렇다면 이 힘이 달을 궤도에 붙들어두고 그 운동을 결정한다고도 생각할 수 있지 않은가? 이 힘의 법칙이 무엇이건 간에 만일 이 법칙이 달을 지배한다면 다른 행성들 역시 이 법칙에 지배당한다고 볼 수 있지 않겠는가?

만일 이 힘이 존재한다면 그것은 거리의 제곱에 반비례한다(이는 이미 증명되었다). 따라서 무게를 가진 물체가 그리 높지 않은 곳에서 땅 위로 떨어지면서 그리는 궤적, 그리고 같은 시간 동안 그 물체가 달의 궤도에서 떨어지면서 그리는 궤적을 조사하기만 하면 된다. 그것을 알기 위해서는 지구의 크기와 달과 지구 사이의 거리만 있으면 된다.'

뉴턴 씨는 이런 식으로 추론했다. 그러나 당시 영국에는 지구의 크기에 대한 매우 잘못된 측정치만이 존재했다. 당시 사람들은 수로 안내인들의 부정확한 측정에 의존했는데 그들은 1도를 60마일로 계산했다. 그러나 실제로는 60이 아니라 70마일이었다. 이 잘못된 계산은 뉴턴 씨가 원하던 결론과 맞지 않았기에 그는 논증을 포기했다. 허영심만 가득한 시원찮은 철학자라면 지구의 크기를 자기 체계에 적당히 끼워맞췄을지 모른다. 뉴턴 씨는 차라리 자기 계획을 포기하는 편을 택했다. 그러나 피카르 씨*가 자오선을 그어 지구의 크기를 정확하게 측정함으로써 프랑스의 영광을 드높이자 뉴턴 씨는 포기했던 자신의 생각에 다시 천착하여 피카르 씨의 계산에서 자신이 원하던 것을 찾아냈다. 사분의 일 원圓과 약간의 산수만으로 이토록 훌륭한 진리를 발견하다니! 나는 항상 이를 경탄스럽게 생각한다.

지구의 원주는 1억 2324만 9600파리피트**다. 이 사실 하나로부터 만유인력의 법칙 전체가 도출될 수 있다.

우리는 지구의 원주를 알고, 달 궤도의 둘레와 지름도 알고 있다. 이 궤도상에서 달의 공전주기는 27일 7시간 43분이다. 따라서 달은 평균 1분에 18만 7960파리피트만큼 움직인다. 또한 이미 알려진 정리에 의

---

* 장펠릭스 피카르(1620~1682). 프랑스 천문학자, 측지(測地)학자. 파리 자오선을 따라 삼각측량법을 사용해 경도 1도의 거리를 잼으로써 처음으로 지구의 반지름을 정확히 계산해냈다.

** 뉴턴 자신이 'pedum Parisiensium', 즉 파리에서 통용되는 피트 단위임을 명시하였다. 1파리피트는 12인치, 즉 32.484센티미터다.

하면 달의 높이에서 물체를 낙하시키는 힘은 첫 1분 동안 15파리피트만큼밖에 떨어뜨리지 못한다는 것이 증명되었다.

이제 물체가 거리의 제곱에 반비례하는 힘으로 무게를 갖고, 돌고, 서로 잡아당기며 이 법칙이 모든 자연에 다 통용된다고 가정하자. 그럴 경우, 지구는 달에서 지구 반지름의 60배만큼 떨어져 있으므로 무게가 있는 물체는 처음 1초간은 15파리피트만큼, 처음 1분간은 5만 4천 파리피트만큼 지구로 떨어지게 된다.

그런데 실제로 물체는 1초에 15파리피트, 1분에 5만 4천 파리피트만큼 움직이며 떨어지고, 이는 60의 제곱에 15를 곱한 수다. 그러므로 물체는 거리의 제곱에 반비례하는 무게를 갖는다. 따라서 똑같은 힘이 지구상에서는 중력이 되고, 하늘에서는 달을 궤도에 붙잡아둔다.

달이 공전의 중심인 지구 쪽으로 끌어당겨진다는 것이 증명되었다. 그러므로 지구와 달이 공전의 중심인 태양 쪽으로 끌어당겨진다는 것도 증명된다.

다른 행성들도 이 일반 법칙을 따를 것이 틀림없다. 그리고 이 법칙이 존재한다면 그 행성들은 케플러가 발견한 법칙들을 따를 것이다. 실제로 행성들은 이 모든 법칙과 이 모든 관계들을 아주 정확하게 지킨다. 그러므로 중력은 지구를 비롯한 모든 행성을 태양 쪽으로 끌어당긴다. 또한 모든 물체의 반작용은 작용에 비례하므로 지구는 역으로 달 쪽으로 끌어당겨지며, 태양은 지구와 달을 향해 끌어당겨지고, 토성의 각 위성들은 나머지 위성 네 개와 중력을 주고받는다.* 그리고 5개 위

* 토성의 위성은 현재까지 발견된 것만 60개가 넘지만, 뉴턴이 『프린키피아』를 출간한 1687년에는 타이탄, 이아페투스, 레아, 테티스, 디오네 5개만이 발견되었다.

성 전부가 토성과 중력을 주고받는다. 이는 목성도 마찬가지다. 이 모든 행성과 위성은 태양과 서로 끌어당긴다.

중력은 물체 속에 든 성분에 비례하여 작용한다. 이는 뉴턴 씨가 실험을 통해 증명한 진리다. 이 새로운 발견을 통해 그는 모든 행성의 중심인 태양이 행성을 끄는 힘은 그 행성들의 질량에 비례하며 거리의 제곱에 반비례한다는 것을 밝혔다. 이로부터 그는 인간 정신의 한계를 뛰어넘는 것 같은 지식에까지 도달하여 태양의 질량이 얼마인지, 그리고 각 위성의 질량이 얼마인지 계산해냈다. 그리하여 그는 단순한 물리 법칙들에 의해 각 천체들이 모두 제자리에 자리잡고 있다는 것을 보여주었다. 중력의 법칙이라는 단 하나의 원리가 천체 운행상의 모든 불규칙성을 설명해주었다. 달의 변모는 이 법칙의 필연적 결과다. 또한 달의 교점*이 왜 19년 만에 한 번 공전하고, 지구의 교점이 왜 약 2만 6천 년 만에 한 번 공전하는지도 알려준다. 바다의 밀물과 썰물 역시 이 인력 때문이다. 보름달과 합삭 때는 달과의 거리가 가깝고 반달일 때는 거리가 멀다. 거기에 태양의 작용이 더해져 간조와 만조가 발생한다.

뉴턴은 탁월한 이론으로 행성의 운행과 그 불규칙성을 설명한 다음, 혜성에도 같은 법칙을 적용했다. 혜성은 오랫동안 미지의 것이었고, 세상의 공포이자 철학의 암초였다. 아리스토텔레스는 혜성을 달 아래 세계에 위치시켰고** 데카르트는 이를 다시 토성 위의 세계에 위치시켰지

---

* nodal point. 2개의 구면좌표계에서 기준면이 교차하는 점을 뜻한다. 달과 지구의 경우, 그 궤도가 천구의 적도면과 만나는 점, 또는 황도면과 만나는 점으로 2개의 점이 있다.

** 아리스토텔레스의 우주체계는 달 아래의 세계와 달 위의 세계로 구분된다. 달 아래의 세계는 4원소(물, 불, 공기, 흙)로 되어 있고 변화하는 세계다. 이에 비해 달 위의 세계는

만*** 마침내 뉴턴에 의해 진정한 위치에 자리잡게 되었다.

그가 입증한 바에 의하면 혜성은 태양계 속에서 운행하는 고체로 편심성偏心性이 심한 타원궤도를 그린다. 때로는 포물선에 가까울 정도로 편심성이 심하여 몇몇 혜성은 공전주기가 500년 이상이다.

핼리 씨는 1680년에 나타난 혜성이 바로 율리우스 카이사르 시대에 나타난 혜성과 동일한 것이라고 생각했다. 이 혜성은 혜성이 단단하고 불투명한 물체라는 것을 보여주는 데 가장 많이 사용된다. 왜냐하면 이 혜성은 그 원반의 육분의 일 거리밖에 되지 않는 아주 가까운 거리에서 태양을 지나갔기 때문이다. 그때 최고로 뜨거운 철의 온도보다 2천 배나 높은 열을 받았을 터인데, 만일 비투과성 물체가 아니었다면 삽시간에 녹아 없어졌을 것이다. 그때부터 혜성의 궤도를 예측하는 것이 유행하기 시작했다. 유명한 수학자 자크 베르누이는 자신의 체계에 의거하여 1680년의 혜성이 1719년 5월 17일에 다시 나타날 것이라고 결론지었다. 이해 5월 17일 밤, 유럽의 모든 천문학자들 중 잠자리에 든 사람은 한 명도 없었다. 하지만 이 유명한 혜성은 코빼기도 보이지 않았다. 다음 출현이 575년 후라고 예측하는 것은 더 정확할지 어떨지는 알 수 없지만 적어도 더 교묘한 방법이긴 하다. 휘스턴이란 이름의 영국

불변의 세계로 제5원소인 에테르로 차 있다. 그에 의하면 혜성은 달 아래의 세계, 즉 지구 대기권 상층부에서 일어나는 것으로 운석 등과 같은 성질의 것이다.

*** 데카르트에 의하면 혜성과 행성은 별이 죽어서 생기는 것이며 혜성은 행성보다 고형성이 더 크다. 이들은 다 같이 우주의 소용돌이에 휩싸여 움직이는데, 이 소용돌이는 균일한 속도로 움직이지 않으며 바깥의 어느 지점을 경계로 속도가 달라진다. 그에 따르면 행성들은 이 경계 안쪽에서 돌고, 행성보다 고형성이 더 큰 혜성은 그 바깥쪽에서 돈다. 17세기에 알려진 태양계의 행성 중 제일 바깥 궤도에 있는 것은 토성이었다.

기하학자*는 기하학자이면서도 어찌 그리 공상적인지 대홍수 시대에 혜성이 홍수를 야기했다고 진지하게 단언해놓고는 사람들이 조롱하자 매우 충격을 받았다. 고대 사람들은 대체로 휘스턴처럼 혜성을 커다란 재난의 전조라고 생각했다. 그러나 뉴턴은 혜성이 매우 유익한 존재이며 혜성에서 나오는 증기는 행성을 돕고 활성화한다고 생각했다. 행성은 공전하면서 태양이 혜성에서 떼어낸 미립자들을 빨아들이기 때문이다. 이 의견은 휘스턴의 의견보다 훨씬 그럴듯하다.

이것이 전부가 아니다. 중력, 인력의 힘이 모든 천체 안에서 작용한다면 아마 그 천체들의 각 부분에도 작용할 것이다. 왜냐하면 뉴턴은 물체들이 질량에 비례하여 서로 끌어당긴다고 주장하는데 물체의 질량이란 바로 각 부분들의 합에 다름 아니기 때문이다. 따라서 만일 이 힘이 한 물체 전체 속에 깃들어 있다면 그 물체의 절반, 사분의 일, 팔분의 일에도 깃들어 있으며, 이런 식으로 무한소無限小까지 나아갈 수 있다. 게다가 이 힘이 각 부분에 균등하게 깃들어 있지 않다면 천체의 어느 부분이 다른 부분보다 더 강하게 중력에 끌릴 것이나 그런 일은 일어나지 않는다. 그러므로 이 힘은 실제로 모든 물질 속에, 그리고 물질의 가장 작은 미립자 속에도 존재한다.

이처럼 인력은 자연 전체를 움직이는 대大원동력이다.

이 원리의 존재를 증명한 뉴턴은 인력이라는 말만 들어도 화를 내는 사람들이 있을 것을 충분히 예상했다. 그래서 그는 자신의 저서에서 여러 번 독자들에게 인력에 대해 오해가 없도록 주의를 환기시켰다. 그

* 윌리엄 휘스턴(1667~1752). 영국 신학자, 수학자. 해당 내용은 1696년 발표한 『지구론』에서 주장했다.

는 인력을 고대 사람들이 숨은 성질*이라고 부르던 것과 혼동하지 말고 단지 모든 물체에는 부동의 물리법칙에 따라 작용하는 중심적 힘이 있다는 것을 아는 것만으로 만족하라고 권했다. 독자들은 그 힘이 우주의 끝에서 끝까지, 그리고 가장 가까운 물체에서 가장 먼 곳의 물체까지 작용한다는 것만 알면 충분하다.

이렇게 엄숙하게 단언을 했는데도 훌륭한 철학자인 소랭 씨와 퐁트넬 씨가 뉴턴을 아리스토텔레스학파의 공상가라고 비난한 것은 놀라운 일이다. 이 두 사람은 각각 1709년도 프랑스 과학 아카데미 논문집과 뉴턴에게 바치는 '찬사'에서 입을 모아 그를 비난했다.

학자와 일반인 구분 없이 대부분의 프랑스인은 이 비난을 되풀이한다. 모두들 "왜 뉴턴은 우리가 잘 아는 충격이라는 말을 쓰지 않고 뭔지 잘 모르는 인력이란 말을 쓴 거지?"라고 말한다.

이런 비판에 대해 뉴턴은 이렇게 대답했을 것이다. "첫째, 여러분은 충격이란 말도 인력이란 말과 마찬가지로 잘 모른다. 왜냐하면 한 물체가 왜 다른 물체의 중심 쪽으로 당겨지는지 이해할 수 없다면 한 물체가 왜 다른 물체를 밀어내는지도 이해할 수 없기 때문이다.

둘째, 나는 충격을 인정할 수 없었다. 왜냐하면 충격이라는 말을 쓰려면 우주의 어떤 물질이 실제로 행성들을 밀어서 움직인다는 것을 이미 알고 있었어야 한다. 그러나 나는 이 물질을 전혀 알지 못할 뿐 아니라 그런 물질이 존재하지 않는다는 것을 입증했다.

셋째, 내가 인력이란 말을 쓴 이유는 자연 속에서 발견한 하나의 작

* 아리스토텔레스는 물질의 성질을 '발현되는 성질(active quality)'과 '숨은 성질(occult quality)'로 나누었는데 숨은 성질의 대표적인 것으로는 자력(磁力)이 있다.

용을 표현하기 위해서다. 이것은 실제로 존재한다는 것이 확실한 어떤 미지의 원리에 근거한 작용으로, 물질의 내재적 특성이다. 그 원리의 원인을 밝히는 것은 나보다 유능한 사람들의 몫이다."

그래도 사람들은 자꾸 이렇게 물을 것이다. "그렇다면 당신은 도대체 우리에게 무엇을 가르쳐주었는가? 왜 당신 자신도 이해하지 못하는 것을 말하기 위해 그렇게 복잡한 계산을 했는가?"

그러면 뉴턴은 이렇게 대답할 것이다. "내가 여러분에게 가르쳐준 것은 이 중심적 힘이 모든 물체에 무게를 부여하며 그 무게는 질량에 비례한다는 것이다. 또한 행성과 혜성을 확실한 비례에 따라 움직이게 하는 유일한 힘은 바로 이 힘이라는 것이다. 모든 천체에 무게를 부여하고 또 그것들을 움직이게 하는 원인은 이 힘밖에 없으며 그 외의 다른 원인은 있을 수 없다. 왜냐하면 무게를 가진 모든 물체는 이 힘에 비례하여 지구 위로 떨어지고, 모든 행성은 같은 비례에 따라 운행되는데 만일 이들 모두에게 작용하는 또다른 힘이 존재한다면 이 물체들의 속도가 증가하거나 운행 방향이 바뀔 것이기 때문이다. 그런데 어떤 물체도 결코 이 중심적 힘의 효과가 아닌 다른 운동이나 속도, 방향을 갖지 않는다. 그러므로 다른 원리란 있을 수 없다."

조금만 더 뉴턴에게 발언권을 주자. 다음과 같은 그의 말은 매우 지당하다. "나는 고대인들과 아주 다르다. 예를 들어 고대인들은 펌프로 물이 올라오는 것을 보고 "물이 진공을 싫어하기 때문에 올라오는 것"이라고 말했다. 그러나 나는 펌프로 물이 올라오는 것을 맨 처음으로 발견한 사람처럼 그 현상만 지적하고 원인 규명은 딴 사람에게 맡긴다. 팔이 움직이는 것은 근육이 수축하기 때문이라고 최초로 말한 해부학자는 명백한 진리를 인류에게 가르쳐주었다. 그 학자가 어째서 근육이 수축하는지 알지 못했다고 해서 그에 대한 감사가 옅어질 수 있을까? 공기의 탄성은 그 원인이 알려지지 않았다. 그러나 그 탄성을 발견한 사람은 물리학에 크게 공헌했다. 내가 발견한 원동력은 보다 은밀하고 보다 보편적인 것이다. 그러므로 세상은 내게 감사해야 한다. 나는 물질의 새로운 특성을, 조물주의 또 한 가지 비밀을 발견했다. 나는 그것을 계산하고, 그것의 여러 작용을 입증했다. 내가 붙인 이름에 대해 사람들이 트집을 잡을 수 있는가?

숨은 성질이라 불러야 할 것은 바로 소용돌이다. 그것의 존재는 결코 증명되지 못했기 때문이다. 이에 반해 인력은 실재하는 것이다. 그것의 여러 작용이 증명되었고 그 비율도 계산되었으니 말이다. 이 원인의 원인은 신의 소관이다."

네가 여기까지 오고 더 넘어가지 못하리니.*

* 「욥기」 38:11.

편지 16

뉴턴 씨의 광학에 관하여

지난 세기 철학자들이 새로운 세계를 발견했다. 이전 사람들은 이 세계가 존재한다고조차 생각하지 않았기에 그것의 규명은 더욱 어려웠다. 뛰어난 학자들에게도 천체가 어떤 법칙에 의해 움직이는지, 빛은 어떻게 작용하는지를 고민하는 것은 허무맹랑해 보였다.

갈릴레이는 천문학 발견을 통해, 케플러는 계산을 통해, 데카르트는 『굴절광학』을 통해, 뉴턴은 모든 저작을 통해 세계를 움직이는 원동력의 작동 방식을 보여주었다. 수학에서는 무한대라는 개념이 계산의 영역으로 들어왔나. 동물의 혈액순환과 식물의 수액순환의 발견은 자연에 대한 우리의 생각을 바꿔놓았다. 물체는 공압空壓 기계 덕분에 새로운 존재 양식을 갖게 되었고, 망원경 덕분에 우리 눈 가까이 다가왔다. 마침내 뉴턴은 빛에 대해 새로운 사실도 발견했는데, 이것은 이미 수많은 새로운 발견 덕분에 기대가 커질 대로 커진 인간의 호기심이 기대할 수 있는 가장 대담한 것들 전부에 필적한다고 말할 수 있다.

안토니오 데 도미니스 이전까지, 무지개는 설명할 수 없는 기적으로 보였다. 그런데 이 철학자는 그것이 비와 태양의 필연적 결과라고 보았다.* 데카르트는 이 자연현상을 수학적으로 설명해서 불후의 명성을 얻었다. 그는 빗방울 속 빛의 굴절을 계산했는데 이러한 통찰은 그 당시로서는 거의 초인적인 것이었다.

하지만 만일 누가 빛의 성질에 대한 그의 생각이 틀렸다고 알려주었다면 그는 무어라고 말했을까? 즉, 빛이 구형의 물체라고 주장할 아무런 근거가 없다. 그리고 우주 전체에 펼쳐져 있는 이 물질을 움직이는 것은 태양이며, 마치 막대기 한쪽 끝을 밀어주면 다른 쪽 끝이 움직이듯 태양이 빛을 밀어서 움직인다는 주장도 거짓이다. 반면 빛은 태양에서 나오며, 포탄이 전혀 느려지지 않고 계속 전속력으로 날아가도 25년이 걸리는 태양에서 지구까지의 거리를 약 7분 만에 주파하는 것은 전적으로 사실이다.

만일 데카르트가 다음과 같은 말을 들었다면 얼마나 놀랐을까? "빛이 물체의 단단한 면에서 튀어오르며 직접 반사된다는 것은 틀렸다. 물체에 큰 구멍들이 뚫려 있을 경우에는 투명하다는 것도 맞지 않다. 머지않아 한 사람이 나타나 이 문제들을 논증하고, 매우 기술 좋은 의사가 인체를 해부할 때보다 더 뛰어난 솜씨로 단 한 개의 광선을 해부할 것이다."

---

* 마르코 안토니오 데 도미니스(1560~1624). 이탈리아 성직자. 무지개가 빗방울 속 빛의 굴절작용에 의한 것이라고 주장했다.

바로 그 사람이 뉴턴이다. 그는 빛이란 여러 빛깔의 광선이 모인 것으로 전부 모이면 백색이 된다는 것을 단지 프리즘 하나로 눈앞에서 증명했다. 단 한 개의 광선이 뉴턴에 의해 7개의 광선으로 나눠졌는데 흰 천이나 백지 위에 그것을 비추면 일정한 순서대로, 그러나 일정치 않은 간격으로 배열된다. 첫번째는 불과 같은 빨간색, 두번째는 레몬색, 세번째는 노란색, 네번째는 녹색, 다섯번째는 파란색, 여섯번째는 남색, 일곱번째는 보라색이다. 각각의 광선은 이후 수백 개의 프리즘을 통과하더라도 색깔이 변하지 않는다. 이것은 정련된 순금이 도가니 속에서 변하지 않는 것과 마찬가지다. 이제 우리 눈에 보이는 이 기본 광선들 하나하나의 색깔이 이들 광선에 내재한다는 것을 증명해보자. 노란색 나무토막 하나를 집어 빨간색 광선에 넣어보라. 그러면 이 나무는 바로 빨간빛을 띨 것이다. 초록색 광선에 넣으면 초록빛을 띨 것이다. 그 밖의 빛도 마찬가지다.

자연에서의 색깔의 원인은 도대체 무엇일까? 일정한 종류의 광선은 반사하고 다른 모든 광선은 흡수하게 만드는 물체의 어떤 특성 때문이다. 그렇다면 이 신비한 특성은 무엇인가? 뉴턴의 증명에 의하면 그것은 물체를 구성하고 있는 작은 성분들의 밀도다. 그렇다면 반사는 어떻게 이루어지는가? 이전까지 빛은 고체의 표면에서 공처럼 튀어오른다고 생각되어왔다. 천만의 말씀. 뉴턴은 대경실색한 학자들에게 다음과 같이 가르친다. 물체가 불투명한 이유는 그 물체 속에 있는 구멍이 크기 때문이다. 이 경우, 빛이 그 구멍 속에 들어가서 우리 눈으로 반사되기 때문에 불투명하게 보이는데, 물체의 구멍이 작으면 작을수록 투명해 보인다. 종이는 말랐을 때는 빛을 반사하지만 기름을 먹이면 빛을 투과한다. 기름이 구멍을 메워서 구멍이 훨씬 더 작아지기 때문이다.

그리하여 물체의 각 부분에 구멍이 있고, 이 부분들의 각 부분에 또 다른 구멍이 있다는 사실, 즉 물체의 다공성에 천착함으로써 그는 우주 전체에 1제곱인치만큼의 고형 성분이 존재한다는 것도 확언할 수 없다는 점을 보여주었다. 이처럼 우리의 정신은 물질이 무엇인지 제대로 이해하지 못하고 있는 것이다!

뉴턴은 이렇게 빛을 분해하고, 원색을 가지고 합성색을 알아내는 방법도 발견했다. 그런 다음, 프리즘을 통해 분리된 기본 광선들이 그런 순서로 배열되는 이유는 이 순서대로 굴절되기 때문이라고 밝혔다. 이는 뉴턴 이전까지는 알려지지 않았던 것으로, 그는 광선이 이러한 비율로 분해되는 성질을 굴절성이라 명명했다. 각각의 광선은 이 굴절성 때문에 서로 다르게 굴절하고, 빨간색은 오렌지색 등 다른 색보다 더 작게 굴절된다.

가장 반사가 잘 되는 광선은 가장 큰 굴절성을 가지고 있다. 뉴턴은 이로써 빛의 반사와 굴절이 같은 힘에 기인한다는 것을 밝혔다.

이 수많은 경이로운 사실은 그가 한 여러 발견의 시작에 불과하다. 그는 끊임없이 오가다가 입자를 만나면 밀도에 따라 빛을 투과시키거나 반사시키는 빛의 진동과 동요를 볼 수 있는 방법을 찾아냈다. 뉴턴은 평평한 렌즈와 한 면이 볼록한 렌즈를 포개놓은 상태에서 빛을 쏘였을 때 렌즈들이 빛을 투과 혹은 반사하려면, 그리고 어떤 특정한 색깔을 내려면 두 렌즈 사이에 있는 공기 입자들의 밀도가 어느 정도여야 하는지 계산해냈다.

이 모든 실험과 계산을 통해서 그는 빛이 물체에, 그리고 물체가 빛에 어느 정도의 비율로 작용하는지를 알아냈다.

그는 빛의 성질을 너무도 잘 이해했기 때문에 망원경으로 어느 정도까지 빛을 증대시킬 수 있는지, 그것이 어느 정도까지 우리의 눈을 보조할 수 있는지 알아냈다.

데카르트는 거의 자신이 발견했다고 할 수 있는 이 학문의 초기 단계의 연구자가 가질 만한 대단한 열정을 가졌기 때문에 이 학문에 대한 믿음 또한 매우 컸는데, 이는 그의 열정을 감안할 때 충분히 용서해줄 만하다. 그리고 그는 그러한 믿음을 가진 까닭에 우리가 지구상에서 보는 작은 물체처럼 작은 것들도 망원경을 통해 별 속에서 볼 수 있기를 기대했다.

뉴턴은 빛의 굴절 작용과 굴절성으로 인해 망원경을 더 완벽하게 만들기가 불가능하다는 것을 논증했다. 망원경을 통해 볼 때 대상이 가까이 보이는 것은 빛의 굴절성 덕택인데, 바로 이 굴절성 때문에 기본 광선들이 너무 많이 분산되기 때문이다. 그는 렌즈 내에서 적색 광선과 청색 광선의 간격의 비율을 계산했다. 그리고 사람들이 존재하는지조차도 몰랐던 영역까지 논증을 확장하여 렌즈의 형태 및 빛의 굴절성에 의해 생기는 차이를 살펴보았다. 그는 대물렌즈의 한쪽이 볼록렌즈이고 다른 쪽은 평평한 망원경에서 만일 평평한 쪽이 대상을 향하면 렌즈의 만듦새와 위치로 인한 오류가 굴절률로 인한 오류의 오천분의 일에 불과하다는 것을 발견했다. 따라서 망원경을 완벽하게 만들지 못하는 것은 렌즈의 모양 탓이 아니라 빛 그 자체의 성질 때문이다.

뉴턴이 굴절이 아닌 반사에 의해 대상을 보여주는 망원경을 발명한 이유가 바로 여기에 있다. 이 새로운 종류의 망원경은 만들기가 매우 어렵고 사용하기도 쉽지 않다. 그런데 영국에서 말해지는 바에 의하면 5피트짜리 반사망원경이 100피트짜리 굴절망원경과 같은 성능을 가진다고 한다.

편지 17

무한과 연대기에 관하여

무한이라는 미로와 심연 역시 뉴턴이 탐색한 새로운 길이다. 우리는 그가 남겨놓은 실을 잡고 이 길을 따라갈 수 있게 되었다.

이 놀랍고 새로운 길에서도 데카르트는 뉴턴의 선배였다. 그는 수학에서 무한을 향해 성큼성큼 나아갔지만 그만 그 경계에서 멈춰버렸다. 월리스 씨는 지난 세기 중엽에 처음으로 분수를 무한히 나누어 무한급수로 만들었다.

브롱커 경*은 이 급수를 이용해서 쌍곡선으로 만들어진 도형의 면적을 구했다.

* 윌리엄 브롱커(1620~1684). 영국 수학자. 월리스의 급수를 이용하여 브롱커의 공식, 즉 4/ϖ의 연분수 전개를 발견했다.

메르카토르는 이 구적법의 한 가지 증명을 발표했다.* 거의 같은 무렵, 23세이던 뉴턴은 다른 사람들이 쌍곡선에 대해 시도한 것을 모든 곡선에 적용할 수 있는 일반 이론을 고안해냈다.

미분법과 적분법이란 바로 무한대를 대수계산하는 것으로 지금까지 그 존재를 상상조차 하지 못했던 것을 정확하게 측정하고 셀 수 있는 기술이다.

여러분이 만일 무한대로 긴 선분 두 개가 만나 무한대로 작은 각을 이룬다는 말을 들으면 놀림당했다고 생각하지 않겠는가?

또한 유한할 때는 똑바른 직선이 무한히 작은 각도로 방향을 바꾸면 무한대로 큰 곡선이 된다는 말을 듣는다면? 곡선이 무한대로 이어지면 덜 휘어진 곡선이 된다는 말을 듣는다면?

무한의 제곱, 무한의 세제곱, 무한의 무한 제곱이 있다는 말을 듣는다면? 그리고 무한의 무한 제곱에 비하면 무한의 무한 마이너스 일 제곱은 거의 없는 거나 마찬가지로 작다는 말을 듣는다면?

이런 말들은 처음에는 말도 안 되는 허튼소리처럼 들린다. 그러나 실제로 그것은 극도로 정밀하고 극도로 광대한 것을 다루기 위해 노력하는 인간 정신의 발로이며, 지금까지 알려지지 않은 진리를 찾기 위한 방법이다.

너무도 대담한 이 체계는 사실 간단한 생각에서 나왔다. 즉, 정사각형의 대각선을 측정하고, 곡선의 면적을 알아내고, 보통 산수로는 제곱

---

* 이 점에서 볼테르는 퐁트넬의 『뉴턴 찬사』를 참조했는데, 그의 문구를 오독하여 마치 메르카토르가 브롱커의 구적법을 증명한 것처럼 표현했다. 그러나 메르카토르는 브롱커보다 한 세기 전에 활동한 사람이다.

근을 찾아낼 수 없는 어떤 수의 제곱근을 찾아내려는 생각 말이다.

사실 이 무한대에 관한 수많은 체계도 잘 알려진 다른 명제들에 비해 그렇게 상상 못할 정도로 이상한 것은 아니다. 원과 그 접선 사이에 곡선을 그을 수 있다든가 물질은 나누어질 수 있다든가 하는 명제들은 오래전에 증명되었지만 다른 것보다 더 이해하기 쉽지는 않다.

뉴턴이 이 유명한 계산법의 창시자라는 사실에는 오랫동안 논란이 있었다. 독일에서는 뉴턴이 유율법이라고 부른 미분법의 창시자가 라이프니츠라고 알려져 있었고, 베르누이는 적분법을 자신이 발견했다고 주장했다. 그러나 첫 발견의 영예는 뉴턴에게 돌아갔고 다른 이들에게는 뉴턴과 그들 사이에 논란이 일었다는 영광만이 남았다.

하비에 의한 혈액순환의 발견, 페로에 의한 식물 수액순환의 발견 역시 논란거리가 되었다. 하르트수커르와 레이우엔훅은 우리의 근본인 작은 벌레*를 처음으로 본 것에 대한 영예를 다투고 있다. 또한 하르트수커르는 항성의 거리를 계산하는 새로운 방법의 발견을 놓고 하위헌스와 다투기도 했다. 우리는 아직도 누가 사이클로이드**의 문제를 찾아냈는지 모른다.

어쨌거나 뉴턴은 무한대의 수학을 통해 최고의 지식에 도달할 수 있었다.

이제 남은 것은 뉴턴의 또하나의 저술에 대한 이야기다. 이 저술은 보다 이해하기 쉬우면서도 그의 모든 연구에서 드러나는 창조적 정신이 여전히 생생하게 느껴진다. 이 저술이란 완전히 새로운 연대기다.

---

* 남성의 정자를 말한다.

** 직선 위로 원을 굴렸을 때 원 위의 정점이 그리는 곡선.

뉴턴은 무엇을 하건 다른 사람들이 갖고 있는 통념을 통째로 바꾸어야만 직성이 풀리는 사람이었으니까.

혼돈을 정리하는 데 익숙한 그는 역사와 뒤섞인 고대 신화들의 혼돈에 밝은 빛을 비추어 불확실한 연대기에 확실성을 부여하고자 했다.* 사실 집안, 도시, 나라를 막론하고 모두 자신의 기원을 더 오래된 것에서 찾으려고 한다. 게다가 초기 역사가들은 연월일을 제대로 표기하지 않았고, 오늘날에 비해 책도 매우 귀했다. 사정이 그렇다보니 비판받을 일도 별로 없었기 때문에 쉽게 세상을 속일 수 있었다. 역사적 사실마저 추측해 꾸며내는 마당에 연월일을 짐작으로 꾸며내는 것쯤이야 전혀 어려운 일이 아니었을 것이다.

뉴턴은 세상이 연대기에 나타난 것보다 대체로 500년 정도 더 늦다고 보았다. 그렇게 본 근거는 자연의 통상적 주기와 천문학적 관찰이다.

여기서 자연의 주기라고 하는 것은 인간세계에서 한 세대가 경과하는 데 걸리는 시간이다. 이 애매한 계산법을 처음으로 사용한 이는 이집트인들이다. 역사의 기원을 거슬러올라갈 때, 그들은 메네스왕**에서 세토스왕***까지를 341세대라고 셌다. 이때 그들은 정확한 연대를 알 수 없어서 세 세대를 100년으로 잡아 메네스왕에서 세토스왕까지를 1만 1340년으로 계산했다.

* 『고대 왕국의 연대기』(1728).

** 고대 이집트 제1왕조의 창시자.

*** 헤로도토스의 『역사』에 나오는 이집트의 파라오로, 기원전 7세기에 통치했던 제25왕조의 파라오 타하르카(Taharka)와 같은 인물로 간주된다.

그리스인들은 올림피아드에 의한 계산* 방식을 도입하기 전까지는 이집트 방식을 따랐는데, 심지어는 각 세대를 40년으로 늘려잡기도 했다.

하지만 이와 같은 이집트인들과 그리스인들의 계산은 틀렸다. 물론 자연의 통상적인 주기에 따르면 세 세대는 약 100년에서 120년이 되기는 한다. 그러나 세 왕의 재위 기간은 이와는 매우 다르다. 일반적으로, 인간이 왕 한 명의 재위 기간보다 오래 산다는 사실은 분명하다. 따라서 역사를 쓸 때 정확한 연월일은 모르고 그동안 아홉 명의 왕이 재위했다는 정보만으로 이 기간을 300년으로 친다면 대단히 잘못된 일이다. 각각의 세대는 약 36년이다. 그러나 왕 한 명의 재위 기간은 평균해서 약 20년이다. 영국의 정복왕 윌리엄에서 조지 1세까지 서른 명의 왕을 예로 들어보자. 그들은 648년을 통치했는데 이를 30으로 나누면 한 명당 21년 반을 통치한 셈이다. 프랑스의 경우, 63명의 왕이 평균적으로 약 20년간 통치했다. 이것이 자연의 통상적인 주기다. 그러므로 한 세대를 왕의 재위 기간과 똑같이 계산한 고대인들의 셈법은 틀렸다. 너무 늘려잡은 것이다. 따라서 그들의 계산을 약간 깎아야 한다.

그러나 이러한 세대 계산법보다 우리 철학자에게 더 큰 도움을 준 것은 천문학적 관찰이다. 그는 자신의 전문 영역인 이 영역에서 더 큰 강점을 가지고 있었다.

어러분도 아시다시피 지구는 태양 주위를 서쪽에서 동쪽으로 매년 1회 도는 공전 외에 또하나의 특이한 회전을 하고 있다. 최근에야 비로

---

* 올림피아 제전과 다음 올림피아 제전 사이 4년간을 1기로 하는 고대 그리스의 역수단위(曆數單位)로, 기원전 776년부터 사용했다.

소 알려진 이 회전은 지구의 양극점이 동쪽에서 서쪽으로 매우 천천히 이동하는 세차歲差운동이다. 이 운동 때문에 하늘에서 양극점의 위치는 매일 조금씩 달라진다. 이러한 이동은 매우 미세해서 1년이 지나도 거의 알아차릴 수 없지만 세월이 지나면 상당히 커져서 72년 후에는 1도 차이가 난다. 즉 하늘 전체의 삼백육십분의 일만큼 차이가 나는 것이다. 그리하여 72년 전에 어떤 점을 지나던 춘분점은 다른 점을 지나게 된다. 이 때문에 히파르코스*의 시대에 양자리에 있던 태양은 지금은 황소자리가 있던 곳에 있고, 대신 예전에 황소자리가 있던 곳에는 쌍둥이자리가 있다. 모든 별자리의 위치가 바뀐 것이다. 그러나 우리는 여전히 고대인들의 표현을 그대로 쓰고 있다. 즉, 태양이 돈다고 말하던 것과 마찬가지로 봄에는 태양이 양자리에 있다고 말한다.

히파르코스는 분점分點을 기준으로 볼 때 별자리들이 약간씩 변화한다는 것을 알아차린, 아니, 더 정확히는 그것을 이집트인으로부터 배운 최초의 그리스인이었다. 철학자들은 이 운동을 별자리들이 움직인 탓이라고 생각했다. 왜냐하면 당시 사람들은 지구가 완전히 고정되어 있다고 생각한 나머지 지구에 그런 회전운동이 있으리라고는 상상조차 할 수 없었기 때문이다. 그래서 그들은 모든 별들이 매달려 있는 하늘을 상정하고, 이 하늘이 동쪽을 향해 움직이기 때문에 별들이 매일 동쪽에서 서쪽으로 움직이는 것처럼 보인다고 생각했다. 이것에 더하여, 고대인들은 중대한 오류를 또하나 범했는데 그것은 바로 별들이 매달려 있는 하늘이 100년에 1도씩 동쪽으로 움직인다고 믿은 것이다. 즉,

* 기원전 2세기의 니케아 출신 수학자, 천문학자. 그는 기원전 약 130년경에 하늘의 별자리를 12등분하여 황도 12궁을 만들었다.

그들은 물리학 체계에서뿐만 아니라 천문학 계산에서도 오류를 범한 것이다. 예를 들어 그 당시 천문학자는 이렇게 말했을지 모른다. "모 관측자가 살던 시대에는 춘분점이 모 별자리, 모 별에 있었는데 지금은 그로부터 2도만큼 이동했다. 그런데 2도는 200년에 해당하므로 그 관측자는 지금으로부터 200년 전에 살았다." 이렇게 추론했다면 그 천문학자는 정확히 54년을 잘못 계산한 것이다. 이렇게 이중의 과오를 범한 고대인들은 플라톤 년, 즉 하늘 전체가 한 바퀴 도는 데 걸리는 햇수를 3만 6천 년으로 잡았다. 그러나 고대인들이 상상했던 하늘의 이 회전운동이란 바로 2만 5900년*이 걸리는 지구 자전축의 회전이라는 것을 현대인들은 잘 알고 있다. 또하나 덧붙일 것은 뉴턴이 지구의 모양을 규정함으로써 이 세차운동의 원인까지도 명쾌하게 설명했다는 점이다.

연대기를 확정하기 위해 이제 남은 것은 춘분의 분지경선分至經線이 어느 별자리에서 황도와 만나는지를 살피고, 고대인 중에 당시 분지경선과 황도가 어떤 지점에서 만났는지를 말한 사람이 있었는지 알아보는 것이다.

알렉산드리아의 클레멘스**가 전하는 바에 의하면 아르고호號 원정대의 일원이었던 케이론이 그 유명한 원정의 시기에 별자리를 관측했는데*** 당시 춘분점은 양자리 한가운데, 추분점은 천칭자리 한가운데,

---

* 미국항공우주국(NASA)에 따르면 2만 5800년이다.

** 티투스 플라비우스 클레멘스(150~215). 그리스 신학자, 저술가.

*** 그리스신화에 의하면 이아손을 비롯한 50명의 영웅이 노가 50개나 되는 아르고호를 타고 황금 양털을 찾아 떠났다. 케이론은 그리스신화 속 반인반수의 켄타우로스족이다. 현명하고 의술이 뛰어났으며 많은 영웅을 교육했다.

하지점은 게자리에, 동지점은 염소자리에 있었다.

아르고호 원정 한참 후 펠로폰네소스전쟁 발발 1년 전에 메톤*은 게자리의 8도 지점을 지나는 하지점을 관찰했다.

황도 12궁은 각각 30도다. 케이론의 시대에 하지점은 게자리의 중앙, 즉 15도 지점을 지나고 있었다. 그런데 펠로폰네소스전쟁 1년 전에는 8도를 지나므로 그동안 7도만큼 늦어진 것이다. 1도는 72년이니, 아르고호의 항해로부터 펠로폰네소스전쟁까지는 그리스인들이 주장하는 것처럼 700년이 아니라 72 곱하기 7, 즉 504년이 흘렀을 뿐이다. 이렇게 오늘날 하늘의 상태를 당시의 하늘 상태와 비교해보면 아르고호의 원정은 기원전 1400년경이 아니라 기원전 900년경에 자리하게 된다. 그러므로 세상은 사람들이 생각해온 것보다 약 500년가량 젊은 것이다. 이렇게 하여 모든 시대의 연대가 뒤로 미뤄지며 모든 사건은 지금까지 생각했던 것보다 더 늦게 일어난 것이다. 이 천재적인 체계가 세상에서 큰 호평을 받을 수 있을지, 또한 세상의 연대기를 고칠 수 있을지 어떨지는 알 수 없다. 어쩌면 학자들은 동일 인물이 물리학과 수학과 연대기를 모두 완성시킨 명예를 누리는 것이 너무 심하다고 생각할는지도 모르겠다. 그것은 일종의 독점이라서 자존심상 받아들이기 어려울지도 모른다. 그래서 몇몇 대단히 훌륭한 철학자가 뉴턴의 만유인력을 비판하던 시대에 또다른 철학자들은 그의 연대기 체계를 공격했다. 보통은 시간이 흐르면 승패가 갈리는 법이지만 이 문제만은 어쩌면 그 결과가 더 애매해질 수도 있다.

---

* 기원전 5세기경에 활약한 그리스 천문학자.

편지 18
비극에 관하여

프랑스에는 야외무대밖에 없었을 때 영국과 스페인에는 이미 정식 극장이 있었다. 영국의 코르네유로 통하는 셰익스피어는 로페 데 베가*와 거의 같은 시기에 활동했다. 그는 연극을 창조했다. 그는 힘과 자연스러움과 숭고함이 넘치는 천재로서 많은 작품을 썼지만 고상한 취향과는 거리가 멀었고, 극작상의 규칙도 전혀 몰랐다. 이 작가의 뛰어난 재능이 영국 연극을 망쳤다고 한다면 좀 이상하게 들리겠지만 틀림없는 사실이다. 그의 기이한 소극笑劇들을 사람들은 비극이라고 부르는데 그 속에는 매우 아름다운 장면들과 매우 위대하고 무시무시한 대목들이 많아 상연마다 대성공을 거두었다. 인간의 평판은 시간이 결정짓

* 스페인 극작가, 시인, 소설가. 스페인 국민극의 창시자.

는데, 그 시간이라는 것은 인간의 결점마저도 대단한 것으로 탈바꿈시키곤 한다. 이 작가의 기이하고 과장된 생각들은 200년이 흐르는 동안 대부분 숭고한 것으로 인정받게 되었다. 현대 작가들은 거의 모두 그를 모방한다. 그러나 셰익스피어가 하면 성공할 수 있었던 것도 우리가 따라하면 야유거리가 되고 만다. 그리고 현대 작가들이 경멸을 받을수록 셰익스피어에 대한 존경은 더욱 커진다. 사람들은 현대 작가들이 셰익스피어를 모방하지 말아야 한다고 생각하기보다는, 그 모방자들이 실패하는 것을 보며 셰익스피어는 애초에 모방 불가능한 작가라고 생각해버린다.

아시다시피 〈오셀로〉라는 대단히 감동적인 비극에서는 남편이 무대 위에서 아내를 목졸라 죽이는데 불쌍한 아내는 죽으면서 자기는 억울하게 죽는다고 절규한다.* 아시다시피 〈햄릿〉에서는 무덤 파는 인부들이 술을 마시고, 유행가를 부르면서 구덩이를 판다. 그러다가 해골이 나오자 그런 일을 하는 사람들이 으레 할 만한 농담을 한다. 놀라운 것은 예절의 시대이자 예술의 황금시대인 찰스 2세 치하에서도 이런 돼먹지 않은 짓거리를 모방했다는 점이다.

오트웨이**의 〈수호된 베니스〉에서는 베드마르 후작의 음모가 한창일 때 원로원 의원 안토니오와 창녀 나키가 등장한다. 늙은 안토니오는 정부인 나키를 두고 성불능인데다 분별을 잃은 늙은 난봉꾼이 할 만한

---

* 〈오셀로〉 5막 2장. 볼테르가 런던에 체류하던 1726~1729년 사이에 런던의 여러 극장에서 〈오셀로〉, 그리고 뒤에 언급되는 〈햄릿〉과 〈줄리어스 시저〉가 상연되었다.

** 토머스 오트웨이(1652~1685). 영국 극작가, 시인. 그의 대표작인 〈수호된 베니스〉는 1682년 초연된 이래, 19세기까지 셰익스피어 작품 다음으로 가장 많이 공연된 시극이다.

온갖 추잡한 짓을 한다. 그는 황소와 개 흉내를 내고, 정부의 다리를 깨문다. 여자는 그를 발로 차고 채찍질한다. 저질 건달에게나 어울릴 이런 우스꽝스러운 장면들은 결국 삭제되었다. 그러나 셰익스피어의 〈줄리어스 시저〉에서 브루투스, 카시우스와 함께 무대에 등장하는 로마 구두장이들의 농담은 그대로 두었다. 오트웨이의 음탕한 대사는 현대의 것이고, 셰익스피어의 대사는 옛날 것이기 때문이다.

여러분은 분명 이렇게 불평할 것이다. 지금까지 영국 연극, 특히 그 유명한 셰익스피어를 언급한 사람들은 모두 그 단점만 들추고 모든 단점을 상쇄하고도 남을 감동적인 장면들은 아무도 번역하지 않았다고 말이다. 이에 대한 내 대답은 시인의 결함을 산문으로 논하기는 수월하지만, 그의 아름다운 운문을 번역하기는 무척 어렵다는 것이다. 삼류 문인들은 유명한 작가들의 비평가를 자처하면서 책을 여러 권 써댄다. 나는 다소라도 그 아름다움을 느끼게 해준다면 단 두 페이지에 불과하더라도 그편을 선호한다. 왜냐하면 호메로스나 베르길리우스의 시 몇 구절이 그들 작품에 대한 수많은 비평서보다 더 유용하기 때문이다. 여기에는 나뿐만 아니라 좋은 취향을 가진 모든 사람들이 동의할 것이다.

나는 영국 최고의 시인들의 시 몇 편을 번역해보았다. 다음은 셰익스피어의 작품이다. 원작을 봐서라도 복제품을 너그러이 봐주기 바란다. 번역한 것을 볼 때는 언제나 그것이 아름다운 그림의 시원찮은 모사 판화에 불과하다는 점을 상기해주기를.

내가 선택한 것은 〈햄릿〉에 나오는 너무도 유명한 독백으로 다음의 시구로 시작한다.

To be or not to be, that is the question.*

화자는 덴마크 왕자 햄릿이다.

기다려라. 선택해야 한다.
삶에서 죽음으로, 존재에서 무無로 당장에 뛰어넘어야 한다.
잔인한 신들이여! 그렇다면 내 용기를 북돋아주오.
나를 모욕하는 자의 발밑에 엎드려 늙어가야만 하는가?
나의 불행과 나의 숙명을 견딜 것인가, 끝내버릴 것인가?
나는 누구인가? 누가 날 붙드는가? 죽음이란 도대체 무엇인가?
그것은 내 불행의 끝, 내 유일한 피난처다.
오랜 격정 뒤에 오는 편안한 잠.
잠들면 그뿐이다. 하지만 달콤한 잠에 뒤이어 끔찍한 깨어남이 있으면?
이 짧은 삶에 영원한 고통이 뒤따른다고 우리를 위협하는구나.
오 죽음이여! 운명의 순간이여! 무시무시한 영원이여!
네 이름만으로도 모두들 간담이 서늘해지는구나.
아! 너 없이 누가 이 삶을 견딜 수 있으며,
거짓말쟁이 사제들의 위선을 축복하고,
헤픈 애인의 실수를 칭찬할 수 있으며,

* "사느냐 죽느냐, 그것이 문제로다." 〈햄릿〉 3막 1장에 나오는 햄릿의 독백이다. 볼테르의 프랑스어 번역은 영어 원본과 상당한 차이가 있는데 여기서는 볼테르의 프랑스어 번역에 충실하게 번역했다.

장관 앞에서 기면서 그의 거만한 언동에 아첨하고,
너를 외면하는 배은망덕한 친구에게
낙심한 네 마음의 슬픔을 드러낼 수 있을 것인가?
이 막다른 골목에서는 죽음조차 너무 달콤하리라.
하지만 일말의 주저가 우리를 붙들고 외친다. "멈추어라."
그놈은 행복한 죽음을 행하려는 우리 손을 붙들어
씩씩한 용사를 겁쟁이 기독교인으로 만들고 만다.

여기서 내가 단지 영어 단어를 문자 그대로 프랑스어로 바꾸었다고는 생각하지 마시라. 단어를 하나하나 직역하여 원문의 뜻을 약화시키는 자들에게 불행 있으라! 문자는 죽이고, 정신은 살린다는 말이 바로 이것이 아닐까?

여기 또하나 영국의 고명한 비극 작가 드라이든*의 시 한 대목이 있다. 그는 찰스 2세 시대의 시인으로 다작이긴 하나 감식안이 부족한 편이다. 그 많은 작품을 다 쓰지 않고 그중 십분의 일만 썼더라면 명실상부한 대가로 평가받았을 것이다. 그의 가장 큰 단점은 모든 것을 다 하려 한 점이다.

그 대목은 이렇게 시작한다.

When I consider life, t'is all a cheat.
Yet fool'd by hope men favour the deceit.**

---

* 존 드라이든(1631~1700). 영국 시인이자 극작가, 비평가.
** "삶을 생각해볼 때, 그건 모두 속임수// 하지만 희망 때문에 인간은 기꺼이 기만당하

분별없는 인간들은 미친듯이 달려가네
계획과 후회, 실수와 욕망 사이로.
현재의 불행 속에서, 쾌락의 희망 속에서
우리는 사는 것이 아니다, 그저 삶을 기다릴 뿐이다.
내일, 내일은 모든 소원이 이루어지리라고 말하지.
내일이 와도 더욱 불행해지기만 할 뿐.
아, 무엇이 잘못되었을까, 뭘 잘못했을까?
지나간 세월을 다시 살려는 자 아무도 없네
태어나던 날의 새벽을 저주하면서
우리는 여전히 기다리고 있지.
인생의 가장 아름다운 날들의 헛된 약속들이 깜깜한 밤과 같은 노년에 이루어지기를.

영국 비극은 특히 이런 단편적인 대목에서 빛난다. 영국 작품은 대부분 거친데다 예의도, 질서도, 개연성도 없지만 이런 암흑 속에서도 놀라운 빛을 발하는 대목들이 있다. 문체는 너무 과장되고 부자연스러우며, 아시아적 과장으로 가득한 히브리 작가들에 대한 모방이 심하다. 그러나 수사법을 많이 사용한 영어 특유의 과장된 문체는 정신을 매우 고양시켜주기도 한다. 질적으로 들쑥날쑥하긴 해도 말이다.

이치에 맞으면서 처음부터 끝까지 기품을 잃지 않은 희곡을 쓴 최초

네." 〈아우렝제베〉 4막 1장에 나오는 아우렝제베의 독백. 이 역시 볼테르의 프랑스어 번역을 따랐다.

의 영국인은 저명한 애디슨 씨*다. 그의 작품 〈우티카의 카토〉는 화법으로 보나 시구의 아름다움으로 보나 과히 걸작이라고 할 만하다. 카토의 배역은 내가 보기에 코르네유의 〈폼페이우스의 죽음〉에 나오는 코르넬리의 배역보다 훨씬 우월하다. 카토는 과장된 언사 없이 위대한 인물이지만 코르넬리는 없어도 되는 인물인데다가 때때로 횡설수설하기 때문이다. 애디슨 씨의 카토는 연극에 나온 어떤 인물보다도 멋지지만 극중의 다른 인물들은 이에 부응하지 못한다. 게다가 시답잖은 연애 사건이 작품 전체를 맥빠지게 만드는 바람에 매우 잘 쓰인 이 연극은 그 가치가 다소 손상되고 말았다.

극작품 속에 마구잡이로 연애 사건을 집어넣는 풍습은 1660년경에 프랑스의 리본, 가발과 함께 파리에서 런던으로 건너왔다. 프랑스나 영국이나 마찬가지로 극장의 귀한 장식품인 여성 관객들은 사랑 이외의 다른 이야기를 용납하지 않는다. 노회한 애디슨은 시대의 풍조에 맞춰 자신의 엄격한 성격을 누그러뜨리고 시류를 따르려다 걸작을 망쳐버렸다.

애디슨 이후, 연극의 법칙이 보다 엄격하게 지켜졌고 관객들도 더욱 까다로워졌으며 작가들은 규범에 신경쓰느라 대담하고 충격적인 장면을 자제하게 되었다. 내가 본 최근의 연극들은 법칙을 잘 지키고 있었지만 감동이 없었다. 지금까지 관찰한바, 영국인들은 천성적으로 파격적인 미美에서만 뛰어난 듯하다. 셰익스피어 작품의 찬란한 괴불들이 얌전한 현대극보다 사람들의 마음을 훨씬 더 즐겁게 한다. 영국인의 시

---

* 조지프 애디슨(1672~1719). 영국 수필가 겸 시인이자 정치가. 〈우티카의 카토〉는 1713년 런던에서 초연되어 대성공을 거두었다.

적 재능은 저절로 솟아나 제멋대로 수많은 가지를 뻗으며 들쭉날쭉 힘차게 자라는 울창한 수목을 닮았다. 만일 여러분이 그 본성을 거슬러 마를리 정원*의 나무처럼 다듬는다면, 나무는 곧 죽고 말 것이다.

* 베르사유에서 몇 킬로미터 떨어진 곳에 있는 마를리성에 딸린 정원. 루이 14세는 베르사유의 번잡함에서 벗어나 휴식하기 위해 이 성을 지었으며 정원에 특별히 공을 들였다.

편지 19
희극에 관하여

『영국인과 프랑스인에 관한 편지』를 쓴 현명하고 재치 있는 뮈라* 씨가 희극에 대해서는 어째서 섀드웰**이란 작가만을 다루었는지 모르겠다. 이 작가는 당대에도 꽤나 무시를 당했고, 점잖은 사람들이 즐겨 읽는 시인도 아니었다. 그의 연극은 공연 당시 일반 대중들의 사랑을 받았지만 고상한 취향의 사람들에게는 멸시를 당했다. 그의 작품은 프랑스에서 대중의 인기를 끌었지만 독자들의 빈축을 산 수많은 작품들과 닮아 있다. 이런 작품에 대해 프랑스 사람들은 말한다.

파리 전체가 형편없다고 욕하지만 파리 전체가 앞다투어 몰려든다.

---

* 루이 드 베아 뮈라(1665~1749). 프랑스 문필가.

** 토머스 섀드웰(1642~1692). 영국 극작가, 계관시인.

뭐라 씨는 차라리 그 시대의 뛰어난 작가인 위철리* 씨에 대해 말하는 편이 나았을 것이다. 그는 찰스 2세의 가장 유명한 정부**와 오랫동안 공공연한 연인관계를 유지했다. 최상류사회에서 일생을 보낸 그는 그 사회의 악덕과 어리석음을 완벽하게 파악하고, 그것을 매우 힘찬 필치로 생생하게 그려냈다.

그는 몰리에르를 모방해 염세주의자 한 명을 창조해냈다.*** 위철리가 그려낸 염세주의자의 면모는 어디로 보나 몰리에르의 염세주의자보다 훨씬 강직하고 대담하지만 세련과 예의 면에서는 그에 훨씬 못 미친다. 그는 몰리에르 작품이 지닌 단 하나의 결점을 보완했는데, 그 결점이란 바로 줄거리가 싱겁고 흥미진진하지 않다는 점이었다. 실제로 이 작품은 매우 흥미진진한데다 줄거리도 기발하지만 프랑스 기준으로 보면 지나치게 대담하다. 주인공은 훌륭하기 그지없는 해군 대위인데 매우 솔직하며 인간 전체를 경멸한다. 그는 현명하고 진실한 친구를 경계하고, 자신을 진실하게 사랑하는 여인에게는 아예 눈길조차 주지 않는다. 반면, 인간말짜인 나쁜 친구는 전적으로 신뢰하고, 말도 못할 바람둥이에다 헤픈 여자에게 마음을 빼앗긴다. 그는 이 여자야말로 페넬로페**** 같은 여자이며, 또 이 나쁜 친구야말로 카토처럼 진실한 친구라고 확신한다. 네덜란드 군대와 싸우러 출정하면서 그는 자신의 돈

---

* 윌리엄 위철리(1640~1716). 영국 극작가.

** 클리블랜드 공작부인인 바버라 빌러즈를 말한다.

*** 위철리는 몰리에르의 『인간혐오자』(1666)를 모방해 『솔직한 사람*The Plain Dealer*』(1676)을 썼다.

**** 그리스신화 속 영웅 오디세우스의 아내로, 남편이 전쟁에 나간 사이 수많은 구혼자들에게 시달리면서도 끝까지 정절을 지켰다.

과 보석 일체를 이 여자에게 남기고, 그토록 신뢰하는 친구에게 그녀를 부탁한다. 그가 믿지 않는 진실한 친구는 그와 함께 배를 타고, 그가 쳐다보지도 않는 여인은 시동으로 분장하여 그를 수행한다. 물론 그는 시동이 여자라는 사실을 항해가 끝날 때까지 알아차리지 못한다.

전투에서 배를 잃은 대위는 배도, 돈도, 아무것도 없이 런던으로 돌아온다. 친구와 시동이 그를 따라오지만 그는 친구의 우정도, 시동의 사랑도 알지 못한다. 그는 그토록 높이 평가하던 여자의 집으로 직행한다. 금고와 그녀의 사랑이 그대로 간직되어 있으리라 기대하면서. 하지만 그녀는 이미 그 나쁜 친구와 결혼해버렸고, 물건 또한 하나도 남아 있지 않았다. 우리의 주인공은 그 얌전한 여자가 이런 짓을 했다는 것을 도무지 믿을 수 없었다. 그런데 설상가상으로 이 정숙한 여자는 시동에게 반해 그를 강제로 범하려 하기까지 했다. 그러나 사필귀정이며, 또한 연극은 권선징악이어야 하므로 결국 대위가 시동으로 변장해 그 바람둥이 여자와 잔다. 그리하여 그녀의 남편인 그 나쁜 친구는 오쟁이를 지고, 급기야 주인공의 칼에 찔린다. 대위는 금고를 되찾고 시동과 결혼한다. 이 연극에는 펭베슈 백작부인*같이 소송광인 늙은 여자가 나오는데, 대위의 친척인 이 인물은 매우 재미있고 개성 있는 성격으로 연극에 활기를 더한다.

위철리는 몰리에르의 연극 〈아내들의 학교〉에서 착상해 또하나의 독특하고 대담한 작품을 썼다.**

작품의 주인공은 여자를 잘 호리는 남자여서 런던에 사는 남편들에

* 장 라신의 희극 〈소송인〉에 나오는 인물. 위철리의 연극에서는 '블랙에이커'다.

** 〈시골 아낙〉(1675).

게는 공포의 대상이다. 그는 좀더 쉽게 여자들을 만나기 위해 병 치료의 부작용으로 고자가 되었다는 가짜 소문을 퍼뜨린다. 이제 남편들은 안심하고 자기 아내를 그에게 데려오고, 그 바람에 그는 여복이 터지게 된다. 그중에서 그가 가장 선호한 여자는 순진하고 열정적인 어린 시골 여자였는데 그 여자는 아주 노련한 부인들보다도 더 능숙하게 남편을 따돌리고 바람을 피운다. 이 연극은 미풍양속의 학교는 아닐지 몰라도 재치와 재미의 학교임은 분명하다.

존 밴브러* 경은 더 재미있는, 그러나 재치는 좀 떨어지는 희극 작품을 썼다. 그는 한량에다 시인이자 건축가였다. 그의 글은 그가 지은 집처럼 다소 거칠다. 그는 우리 프랑스에게는 매우 불행한 전투인 호흐슈타트전투**의 기념물인 육중하고 견고한 블레넘성을 지었다. 이 성은 벽이 매우 두꺼운데 그만큼 방도 넓었더라면 나름 편안했을 것이다.

밴브러의 묘비에는 다음과 같은 말이 쓰여 있다. 지구여, 그를 꾹꾹 눌러다오! 그도 생전에 무거운 짐으로 너를 꾹꾹 눌렀으니까.

그는 1701년의 전쟁*** 전에 프랑스를 여행하다가 바스티유 감옥에 투옥되었다. 자기가 왜 잡혀왔는지도 모른 채로 상당 기간 억류되어 있으면서 그는 희극을 한 편 썼다.**** 그런데 이상한 것은 그런 봉변을 당하

---

* 존 밴브러(1664~1726). 영국 바로크양식 건축가, 극작가.

** 1704년 다뉴브강 근처 호흐슈타트에서 벌어진 프랑스와 영국 간의 전투로, 영국에서는 블레넘전투로 불린다. 말버러 공작이 지휘하는 영국군이 승리했으며, 이에 대한 상으로 영국의 앤 여왕은 말버러 공작에게 블레넘성을 하사했다.

*** 스페인계승전쟁(1701~1714).

**** 밴브러는 스파이 혐의로 1688년에 체포되어 1692년에 바스티유로 이송되었다가 그해 11월에 석방되었다. 그가 바스티유 감옥에서 정말로 희곡을 썼는지, 그것이 어떤 작

고도 연극 속에 프랑스에 대한 악감정이 전혀 나타나 있지 않다는 점이다.

영국인들 가운데 희극의 영광을 가장 드높인 이는 최근에 작고한 콩그리브 씨*****다. 그는 작품을 별로 많이 쓰지 않았지만 모두가 나름 뛰어난 작품들이다. 연극의 규칙들이 엄격하게 지켜지고, 다양한 인물의 성격이 매우 섬세하게 표현되어 있다. 그의 작품에는 저질 농담 따위도 전혀 나오지 않는다. 모두들 점잖은 신사의 언어를 쓴다. 그러나 그들이 하는 짓거리는 완전 사기꾼이다. 이로 미루어 볼 때 그는 소위 상류사회에서 살고 있었고, 그 사회에 대해 매우 잘 알고 있었던 것 같다. 내가 그를 처음 만났을 때 그는 병들어서 반쯤 죽어가고 있었다. 그에게는 결점이 하나 있었는데, 그것은 자신에게 명성과 재산을 가져다준 작가라는 직업을 그리 높이 평가하지 않는다는 것이었다. 그는 자기 작품에 대해 얘기하면서도 자기에게 어울리지 않는 하찮은 것처럼 취급했다. 처음 만났을 때 그는 내게 자신을 평범한 신사로 대해달라고 했다. 나는 만일 그가 다른 사람과 똑같은 평범한 신사라면 일부러 그를 찾아오지 않았을 것이라고 대답했는데 사실 나는 이런 당치도 않은 허영심에 큰 충격을 받았다.

콩그리브의 연극은 아주 재기 발랄하고 사실적이다. 밴브러의 작품은 매우 유쾌하고, 위철리의 작품은 몹시 대담하다.

이런 뛰어난 재사才士들은 그 누구도 몰리에르에 대해 나쁘게 말하지

품인지는 분명치 않다.

***** 윌리엄 콩그리브(1670~1729). 영국 '풍속희극'의 대표자로, 〈늙은 독신자〉 〈거짓말쟁이〉 〈세상만사〉 등의 대표작이 있다.

않았다. 시원찮은 영국 작가들만이 이 위대한 작가에 대해 나쁘게 말했다. 이탈리아의 시원찮은 음악가들은 륄리를 경멸하지만 보논치니* 같은 이는 그를 존중하고 제대로 평가했으며, 마찬가지로 미드 같은 이는 엘베시우스와 실바**를 존경했다.

이외에도 영국에는 스틸 경과 시버 씨 같은 희극 시인이 있다. 훌륭한 배우인 시버 씨는 계관시인이기도 한데 그 호칭은 일견 우스꽝스럽지만 어쨌든 천 에퀴의 연금과 여러 특권이 주어진다. 우리의 위대한 코르네유는 그런 대우를 받지 못했다.

나는 영국 연극을 매우 좋아한다. 하지만 내게 그 연극을 자세히 설명하라거나 위철리나 콩그리브의 재담을 알려달라고는 하지 말기 바란다. 번역으로는 웃길 수 없다. 영국 희극을 알려면 런던에 가 3년간 체류하면서 영어를 배우고 매일같이 희극을 보는 수밖에 없다. 나는 플라우투스나 아리스토파네스***를 읽으면서 별 재미를 느끼지 못했다. 왜냐고? 나는 그리스인도 로마인도 아니기 때문이다. 외국인은 재담의 섬세함, 암시, 시의적절한 말 등을 놓친다.

비극은 경우가 다르다. 비극은 고대의 신화나 역사 속에 등장함으로써 널리 알려진 위대한 정념이나 영웅적인 실수에 대해 다룬다. 따라서 「오이디푸스」나 「엘렉트라」는 그리스인의 이야기일 뿐만 아니라 스페인, 영국, 프랑스 사람들의 이야기이기도 하다. 그러나 좋은 희극이란

---

* 륄리는 17세기에 활동한 이탈리아 출신의 프랑스 작곡가이고, 보논치니는 17세기 말부터 활동한 이탈리아 작곡가다.

** 미드, 엘베시우스, 실바는 모두 18세기에 활동한 의사들이다.

*** 플라우투스는 기원전 3세기에 활동한 고대 로마의 희극작가이고, 아리스토파네스는 기원전 2세기에 활동한 고대 그리스의 희극작가다.

한 특정 국가의 우스꽝스러움에 대한 묘사라서 그 나라를 깊이 알지 못하면 그 묘사가 정확한지 어떤지 판단할 수 없다.

편지 20
문학을 하는 귀족들에 관하여

한때는 프랑스의 일급 인사들이 예술을 애호하고 직접 창작했다. 특히 궁정의 조신朝臣들은 당시 온 나라를 장악한 방탕과 경박한 취향 및 음모를 즐기는 풍습에도 불구하고 예술에 깊이 관여했다.

그런데 오늘날 궁정은 문학과는 전혀 다른 취향이 지배하는 것 같다. 어쩌면 머지않아 생각하는 것이 또다시 유행할지도 모른다. 국왕이 원하기만 한다면 말이다. 프랑스에서는 왕 마음대로 할 수 있다. 영국 사람들은 대체로 생각을 많이 하며 문학도 프랑스보다 훨씬 나은 대접을 받고 있다. 이것은 영국 정치체제의 영향이다. 런던에는 대중 앞에서 연설하고 나라의 이익을 옹호할 권리를 지닌 사람이 800명가량* 있

* 영국과 스코틀랜드의 상하원의원 수를 합친 것이다.

다. 또한 약 5,6천 명이 그런 영예를 얻기 위해 노력하고 있고 나머지 사람들은 이들을 평가하고 있으며 누구든지 공적인 사안에 대한 자신의 견해를 출판할 수 있다. 그래서 모든 국민이 배움의 필요를 느낀다. 모두들 아테네와 로마의 정치 형태에 대해 얘기하니 어쩔 수 없이 그 문제를 다룬 책을 읽어야 하고, 그런 공부를 하다보면 자연스럽게 문예로 나아가게 된다. 일반적으로 사람들은 자기 신분에 맞는 정신을 지니기 마련이다. 우리 나라의 법관과 변호사와 의사와 성직자 대부분이 다른 직업을 가진 사람들보다 문학적 능력과 좋은 취향, 높은 지성을 지니고 있는 이유가 무엇이겠는가? 바로 그들이 직업상 보다 높은 지성을 쌓아야 하기 때문이다. 이것은 상인이 자기 장사에 대해 잘 알아야 하는 것과 마찬가지다. 얼마 전에 새파란 영국 귀족 청년이 이탈리아에서 돌아오는 길에 파리에 들러 나를 보러 왔다.* 그가 시로 읊은 이탈리아에 대한 묘사는 영국의 로체스터 백작**이나 프랑스의 쇼리외, 사라쟁, 샤펠 등***의 작품만큼 세련되었다.

내 번역은 원본의 힘과 재미있는 농담에 훨씬 못 미치기 때문에 저자와 영어를 이해하는 모든 분들의 용서를 구해야겠지만, 그분의 시를 달리 전달할 방법이 없기에 할 수 없이 그냥 옮긴다.

나는 이탈리아에서 무엇을 보았는가?

---

* 존 허비(1696~1743). 영국 정치가. 하원의원을 지내고 1740년에 옥새상서가 되었다. 1728년에 이탈리아로 여행을 떠나 1729년 가을에 영국으로 돌아왔다.

** 존 윌멋(1647~1680). 제2대 로체스터 백작으로 시인이자 난봉꾼. 호라티우스를 모방한 시와 연애시도 썼으나 그의 작품의 주류는 재기 발랄한 음담패설이다.

*** 이들은 볼테르보다 한두 세대 전의 시인들로 우아한 운문을 썼다.

오만, 간사, 그리고 가난,
번지르르한 아침, 찾아보기 힘든 친절,
그리고 수많은 인사치레.
종교라는 미명 아래 자행되는
미친 짓,
그것은 바로 종교재판*이라는
어처구니없는 희극.
자비로운 자연은
이 아름다운 고장에 풍요를 주었건만 다 쓸데없네.
신부들은 우악스러운 손으로
아름다운 자연의 선물을 질식시킨다.
스스로 위대하다 자화자찬하는 고위성직자들은
멋진 성 안에서
돈도 하인도 없이
홀로 고귀하게 빈둥거린다.
하급성직자들은 자유도 없이
지배자의 족쇄에 허덕이는 순교자.
그들은 청빈의 서약을 하고
할일이 없어 기도를 하며
먹을 게 없어 단식을 한다.
교황이 축복한 이 아름다운 고장에는

* 작자는 틀림없이 몇몇 설교자들이 광장에서 행하는 광대놀이를 이렇게 불렀을 것이다. (볼테르의 원주)

악마가 사는지,
불쌍한 백성들은
천국에서 지옥의 괴로움을 당한다.

이 시를 보고 사람들은 이단적이라고 말할지 모르나 불행하게도 이교도였던 호라티우스와 유베날리스*의 작품은 매일같이, 그것도 매우 조잡하게 번역되지 않는가? 아시다시피 번역자는 원작자의 감정에 대해 책임지지 않는다. 할 수 있는 일이라고는 그의 개종을 위해 신께 비는 것뿐이다. 나 역시 이 영국 귀족의 개종을 위해 두 손 모아 기도했다.

* 호라티우스와 유베날리스는 로마의 시인으로, 각각 기원전 1세기, 1세기 말에서 2세기 초에 활약했다.

편지 21
로체스터 백작과 월러 씨에 관하여

로체스터 백작의 명성은 모두들 잘 알고 있다. 생테브르몽 씨가 그에 대해 수차 얘기한 바 있지만, 그는 로체스터 백작을 단지 쾌락을 즐기고 여자를 살 호리는 사람으로밖에 소개하지 않았다. 나는 천재이자 위대한 시인인 그의 면모를 알리고자 한다. 로체스터 백작 특유의 강렬한 상상력이 찬란히 빛나는 여러 작품 가운데 우리의 데프레오가 선택한 주제와 같은 주제를 다룬 풍자시가 몇 편 있다. 우리의 안목을 높이려면 동일한 주제를 다룬 위대한 천재들의 작품을 비교하는 것이 가장 유익할 것이다.

다음은 부알로의 작품이다. 인간에 관한 풍자시에서 인간 이성을 비판하는 대목이다.*

하지만 그를 보니, 아른거리는 몽상에 빠져서,
스스로 만든 헛된 망상을 품고,
자신만이 자연의 유일한 토대이자 기둥이고,
하늘 전체가 자기만을 위해 돈다고 생각한다.
모든 동물의 주인이라 자처하면서
너는 묻는다. 이걸 부정할 자 누구냐? 나요, 나!
왕이라 자처하며 모든 동물들을 지배하는 자,
이 동물들의 왕은 얼마나 많은 왕을 모시고 있는가?

다음은 로체스터 백작이 쓴 인간에 대한 풍자시**인데, 그의 시를 문자 그대로 번역한 것이 아님을 독자는 다시 한번 상기하시라. 우리 작시법의 제약과 우리 말의 까다로운 예법상 영어의 대담하고 노골적인 문체를 그대로 옮길 수는 없기 때문이다.

내가 혐오하는 이 정신, 과오로 가득한 이 정신은,
나의 이성이 아니라, 박사여, 바로 당신의 이성이다.
천박하고, 초조하고, 오만한 당신의 이성이다.
지혜로운 동물들을 멸시의 눈초리로 내려다보면서
그 이성은 자기 자리가 동물과 천사 사이라고 생각한다.
그러니까 이 세상에서 자기가 하느님 대신이라는 것이다.

---

* 니콜라 부알로-데프레오의 「풍자시」, 제8권, 55~59행, 65~66행.

** 본 번역은 볼테르의 프랑스어 번역을 따랐다. 원전은 *A Satire against Reason and Mankind*다. 볼테르는 영어 원문 내용을 때때로 짧게 요약하여 번역했다.

성가시고 하찮은 놈이 믿고, 의심하고, 논쟁하고,

기고, 일어나고, 그러다가 낭떠러지로 떨어지고서도 떨어졌다는 사실을 부정한다.

자기 족쇄를 가리키며 "난 자유야"라고 말한다.

희미하고 흐려진 눈으로 우주의 비밀을 꿰뚫었다고 생각한다.

자, 존귀한 미치광이들이여, 행복한 광신자들이여!

허접쓰레기 학문을 산더미처럼 모아 책을 만들라!

견신見神을 하고 계시를 받는다는 신부들이여,

자신이 만든 미로에서 스스로 미아가 되는 자들이여,

당신들의 신비를 희미하게 밝히러 가라,

당신들의 망상을 경배하러 학교로 달려가라!

독실한 신자들이여, 당신들의 실수는

스스로 휴식의 권태를 택했다는 것이다.

수도원에 갇힌 신비주의자들은 자신의 게으름을 자랑삼고,

신의 품에서 안온하다. 그런데 거기서 도대체 뭘 하는가?—생각하고 있소.

아니라오, 불쌍한 자여, 그대는 생각하는 게 아니라 자고 있다오.

이 세상에서는 무용지물, 죽은 거나 마찬가지,

무기력한 그대의 정신은 나태 속에서 썩고 있구나.

잠 깨어 일어나라, 인간이 되라, 숙취에서 벗어나라,

사람은 행동하기 위해 태어났다. 그런데 그대는 생각만 한단 말인가!

이런 생각이 옳은지 그른지를 떠나서 표현은 매우 힘찬데 이것이야말로 진짜 시인의 특질이다.

나는 철학자의 입장에서 이 시를 검토하지 않겠다. 또한 컴퍼스로 재기 위해 화필을 놓지도 않겠다. 이 편지의 유일한 목적은 위대한 영국 시인들을 소개하는 것인 까닭에 앞으로도 계속 이런 식으로 글을 써나가려고 한다.

프랑스에서는 유명한 월러 씨*에 대한 얘기가 자주 입에 오르내렸고 라퐁텐, 생테브르몽, 벨 씨 등이 그를 찬양한 바 있다. 그러나 우리는 그의 이름밖에 모른다. 런던에서 그의 평판은 파리에서 부아튀르가 받는 평판과 유사한데 나는 월러 씨가 더 낫다고 생각한다. 부아튀르가 활동한 시기는 우리가 막 야만에서 벗어나 여전히 무지하던 시대였다. 사람들은 재기才氣를 원했지만 거기까지 이르지 못했다. 그래서 사상보다는 기교를 중시했다. 모조 다이아몬드가 진짜보다 찾기가 더 쉽기 때문이다. 경박부허輕薄浮虛한 재능을 타고난 부아튀르는 프랑스문학의 여명기를 빛낸 선구자다. 만일 그가 루이 14세 시대를 빛낸 위대한 인물들보다 늦게 태어났더라면 전혀 알려지지 않았거나 기껏해야 경멸이나 당하고 문체 때문에 비판을 받았을 것이다. 데프레오 씨는 그를 찬양했지만, 젊을 때 쓴 초기 풍자시 속에서만 그랬다. 즉, 그의 감식안이 미처 형성되기 이전의 일이었다. 대체로 젊을 때는 남을 평가할 때, 그 사람의 가치보다는 명성에 기대서 평가하기 쉽다. 게다가 데프레오는

---

* 에드먼드 월러(1606~1687). 영국 왕정복고기의 시인. 찰스 1세 때 왕당파의 음모에 가담하여 프랑스로 추방되었다가 크롬웰 치하에서 공직을 맡았고 왕정복고 후에도 공직에 있었다.

칭찬이나 비난에서 불공정할 때가 자주 있었다. 그는 세그레를 찬양했지만 지금은 아무도 그의 작품을 읽지 않는다. 또한 그는 키노를 비판했지만 지금은 모두가 그의 시를 암송한다. 더구나 그는 라퐁텐에 대해 전혀 언급조차 하지 않았다. 월러는 부아튀르보다는 낫지만 결코 완벽한 시인은 아니었다. 그의 연애시는 우아한 멋을 풍기지만 부주의한 작법 때문에 운율에 힘이 없고, 그릇된 생각이 작품을 망치고 있다. 그 시대의 영국인들은 아직까지 정확한 작시법을 알지 못한 상태였다. 그러나 이처럼 맥빠진 작품들과는 딴판으로 그의 진지한 작품들은 대단히 박력이 있다. 크롬웰에 대한 조사弔詞는 다소의 결점에도 불구하고 대단한 걸작으로 평가받는다. 이 작품을 이해하려면 크롬웰이 죽던 날 엄청난 폭풍우가 몰아쳤다는 사실을 알아야 한다.

작품은 이렇게 시작한다.

그는 죽었다. 어찌하랴, 운명에 순응해야지.

하늘은 이날 폭풍우로 신호를 보냈다.

그리고 우리 머리 위에서 천둥은 우렁찬 목소리로

그의 죽음을 알렸다.

그의 마지막 숨결은 이 섬나라를 흔들었다.

그의 팔은 이 섬나라를 수없이 떨게 만들었지.

수많은 위업을 세우고

왕들의 머리를 부수고

구속을 허용하지 않는 드센 백성을 제압할 때 그들은 그에게만 순순히 머리를 숙였지.

바다여, 너도 슬퍼하는구나. 오, 바다여! 구슬피 우는 물결은
먼 해안으로 밀려가 이렇게 말하는 것 같구나.
지상의 공포였던 너의 주인이 죽었다고.
그 옛날 로물루스가 승천했을 때처럼,
그렇게 폭풍우 속에서 그는 이 땅을 떠나갔다.
그렇게 전사들의 애도를 받으며 그는 떠나갔다.
생전에는 복종을, 사후에는 숭배를 받은
그의 궁전은 이제 신전이 되었구나, 운운.

바로 이 크롬웰에 대한 찬사 때문에 월러는 벨의 『사전』에 기록되어 있는 것처럼* 찰스 2세에게 다음과 같은 대답을 하게 되었다. 당시 관행대로 찬사로 가득한 시를 헌정하러 온 월러에게 국왕은 크롬웰 것이 더 낫다고 비난했다. 그러자 월러는 이렇게 대답했다. "폐하, 우리들 시인은 진실보다 허구를 더 잘 씁니다." 찰스 2세는 네덜란드 대사에게도 비슷한 비난을 했는데, 크롬웰에게 더 큰 경의를 표했다고 불평하는 왕에게 대사는 이렇게 말했다. "아! 폐하, 크롬웰이라면 얘기가 전혀 다르지요." 이에 비하면 월러의 대답은 솔직하지 못했다.

나의 목적은 월러나 다른 인물의 인격에 대해 논평하는 것이 아니다. 이미 죽은 사람은 그가 남긴 작품으로만 평가되며 나머지는 나의 고려 대상이 아니다. 나는 다만 궁정에서 태어나 6만 파운드의 연금을 가지고 있던 월러가 오만이나 게으름 때문에 자기 재능을 포기하는 잘

* 이는 볼테르의 오류로 이 일화는 질 메나주의 『메나주의 노래』(1715)에 나온다.

못을 범하지 않았다는 점을 지적하고 싶다. 도싯 백작, 로스커먼 백작, 버킹엄 공작 두 분, 핼리팩스 경*을 비롯한 수많은 귀족이 위대한 시인, 저명한 문인이 되는 것이 체면을 손상시킨다고 생각하지 않았다. 그들의 작품은 가문의 이름보다 더 큰 명예를 그들에게 안겨주었다. 그들은 문필로 출세하려는 사람처럼 열심히 글을 썼다. 그리하여 백성들에게 예술이 고귀한 것이라는 인식을 심어주었다. 백성들이란 모름지기 귀족이 이끌어야 하는 법이다. 하지만 영국 국민들은 귀족들의 품행을 별로 본받지 않으며 이 점에서는 타의 추종을 불허한다.

---

* 이들의 이름은 다음과 같다. 도싯 백작 찰스 색빌(1638~1706), 스트랫퍼드 백작의 조카이자 로스커먼 백작인 웬트워스 딜런(1633~1685), 버킹엄 공작 조지 빌리어(1628~1687), 버킹엄과 노르망디 공작 존 셰필드(1648~1721), 핼리팩스 경 찰스 몬터규(1661~1715).

편지 22

포프 씨와 몇몇 유명 시인에 관하여

영국에서 가장 유쾌한 시인 중 한 명으로 1712년 영국의 특사 겸 전권대사로 파리에 파견되었던 프라이어 씨*에 대해 얘기하고 싶었다. 또한 로스커먼 경, 도싯 경 등의 시에 대해서도 소개하고 싶었다. 그러나 그러자면 두꺼운 책을 한 권 써야 하겠고, 설령 그런 수고를 한다 하더라도 그들의 작품을 제대로 알리지 못할 것이다. 시란 일종의 음악이라서, 평가하려면 귀로 직접 들어야 한다. 이 외국 시인들의 시 몇 편을 번역한다 하더라도 악보의 불완전한 모사에 불과할 뿐, 결코 그 노래의 맛깔스러움을 살릴 수 없을 것이다.

여러분에게 특히 소개하고 싶은 영국시가 하나 있다. 제목은 「휴디

* 매슈 프라이어(1664~1721). 영국 시인, 외교관.

브러스」다. 영국 내전에 관한 시로, 청교도에 대한 조롱을 담고 있다. 『돈키호테』와 우리 나라의 『메니푸스식 풍자시』*를 합쳐놓은 듯 내가 읽은 모든 책 중에서 가장 재기 발랄하고 가장 번역하기 어려운 책이다. 인류의 모든 우스꽝스러운 기벽을 간파하고 있으며, 말장난이 아니라 생각이 풍부한 이 작품을 번역할 수 없다는 걸 누가 믿겠는가? 이 작품에서는 모든 구절이 특정 사건을 암시한다. 가장 큰 조롱을 받는 것은 신학자들인데 이를 이해하는 사람은 별로 없다. 그러므로 구절마다 주석이 필요할 테지만 부연 설명된 농담은 이미 농담이 아니다. 재담에 주석을 다는 사람은 모두 바보다.

이런 연유로, 프랑스에서는 영국의 라블레라 불리는 스위프트 박사의 독창적인 작품들을 결코 이해하지 못한다. 라블레와 마찬가지로 스위프트 박사도 사제이고, 라블레처럼 온갖 것을 조롱한다. 하지만 그를 라블레라고 부르는 것은 그에게 큰 실례다. 괴상하고 불가해한 라블레의 책은 극도로 유쾌하지만 매우 무례하며 박식과 추잡함, 그리고 지루한 얘기가 마구 뒤섞여 있다. 여러 권의 어리석은 이야기 사이에 재미있는 얘기가 두 페이지 정도 끼어 있는 셈이다. 이 작품을 이해하고 높이 평가한다고 주장하는 몇 안 되는 사람은 모두 뭔가 취향이 이상한 사람들이다. 나머지 국민들은 라블레의 농담에 웃기는 하지만 그의 책을 경멸한다. 그를 으뜸가는 익살꾼으로 보고 그렇게 재기 발랄한 사람이 자기 재능을 그렇게 잘못 사용한 데 대해 유감스럽게 생각한다. 그는 술 취했을 때만 글을 쓴 주정뱅이 철학자였다.

---

* 여러 시인의 풍자시를 모아놓은 선집(1594).

스위프트 씨는 양식 있는 사람들과 어울려 살았던 맑은 정신의 라블레였다. 물론 그의 유쾌함은 라블레에 못 미치지만, 그에게는 뫼동의 사제 라블레에게 부족했던 섬세함과 이성, 그리고 높은 안목과 좋은 취향이 있었다. 그가 쓴 시구에는 남들이 모방할 수 없는 독특한 맛이 있으며 운문과 산문 모두에서 차원 높은 해학이 구사되고 있다. 그러나 그를 제대로 이해하려면 영국 여행이 필수적이다.

포프 씨는 좀더 소개하기가 수월하다. 그는 영국 역사상 가장 우아하고, 가장 정확하고, 게다가 가장 음악적인 문체를 가진 시인이다. 그는 날카로운 트럼펫 소리 같은 영국시를 부드러운 플루트 소리로 바꾸어놓았다. 그의 시는 번역될 수 있다. 그가 쓴 글은 매우 명확하고 주제 또한 대부분 다른 나라 사람들도 이해할 수 있을 만큼 일반적이기 때문이다.

그의 『비평론』이 레넬 사제의 운문 번역으로 프랑스에서 곧 출간될 것이다.

다음은 그의 시 「머리 타래의 강탈」의 한 부분*인데 나는 평소처럼 자유롭게 번역했다. 왜냐하면, 다시 한번 말하지만, 시를 글자 그대로 직역하는 것보다 나쁜 것은 없다고 생각하기 때문이다.

찡그린 얼굴의 늙은 요정 엄브리얼은 곧

* 알렉산더 포프, 「머리 타래의 강탈」, IV, 13~36(본 번역은 볼테르의 프랑스어 번역을 따랐다). 이 시는 영국 신고전주의의 대표적인 의사(擬似) 서사시로, 영국 상류사회의 한 남자가 구애하던 여성의 곱슬머리를 조금 잘라간 바람에 생긴 두 집안 간의 불화를 소재로 한다. 인용된 부분은 요정 엄브리얼이 땅속 깊은 곳에 있는 우울의 동굴로 가는 길에 머리칼 때문에 비탄에 잠긴 여주인공을 보는 장면이다.

무거운 날개를 끌고, 찌푸린 표정으로
투덜대며 깊은 동굴로 간다.
세상의 눈이 닿는 부드러운 빛에서 멀리 떨어진 그곳은
우울 여신의 거처다.
주위에는 삭풍이 구슬픈 소리로 몰아치며
메마른 숨결이 내뿜는 불결한 입김으로
도처에 열병과 두통을 전파한다.
불빛과 소음과 수다쟁이와 바람으로부터 보호된
병풍 뒤 호사스러운 소파 위에서
성깔 사나운 여신이 계속 쉬고 있다.
그녀의 마음은 한없이 슬프다. 하지만 그 이유를 모른다.
항상 정신이 어지러운지라 진중히 생각해본 적이 없기 때문이다.
눈물이 글썽이고, 창백한 얼굴은 우울증으로 부어 있다.
헐뜯기 좋아하는 시샘의 여신이 그녀 옆에 앉아 있다.
나이든 유령 같은 이 늙어빠진 처녀는
독실한 신자인 양하며 이웃 사람을 괴롭히고,
손에 복음서를 든 채 사람들을 비꼰다.*
그녀에게서 멀지 않은 곳, 꽃이 가득한 침상에
젊은 미녀 한 명이 아무렇게나 널브러져 있다.
바로 가식의 여신이다. 말할 때면 콧소리를 내고,
들을 때면 건성이고, 볼 때면 곁눈질을 하고,

---

* 영어 원문에 없는 내용으로 위선적인 성직자와 독실한 신자에 대한 볼테르의 비판적 태도를 보여준다.

수줍지도 않으면서 얼굴을 붉히고, 즐겁지도 않으면서 까르르 웃고,
온갖 병으로 아프다고 찡찡대지만
화장 아래 얼굴은 건강하기 짝이 없는데,
기운 없이 신음하고, 일부러 기절하네.

이 부분을 내 서툰 번역이 아니라 원문으로 읽으면, 부알로의 「보면대譜面臺」에 나오는 나약함에 대한 묘사와 비견할 만하다고 생각할 것이다.

영국 시인들에 대해서는 이 정도면 충분할 듯하고 영국 철학자들에 대해서는 이미 조금 소개했다. 훌륭한 영국 역사가로 말할 것 같으면, 내가 아는 바로는 별로 없다. 그래서 프랑스 역사가가 대신 써주어야 했던 것이다.* 영국인들은 냉랭하거나 혈기가 넘치는 양극단을 오가는 경향이 있는데 이러한 기질 때문에 아직 역사 서술에 필요한 꾸밈없고 소박하면서도 유려한 서술법과 기품 있으면서도 솔직한 태도를 터득하지 못했는지도 모른다. 어쩌면 당파 정신이 눈을 흐려서 역사가들을 믿지 못하게 되었을 수도 있다. 이 나라 국민 중 절반은 언제나 나머지 절반의 적이니까 말이다. 나는 말버러 경이 비겁자이고, 포프 씨가 바보라고 말하는 사람들을 직접 보았다. 이것은 프랑스에서 예수회교도들이 파스칼을 대단찮게 생각하고, 얀센파들이 부르달루 신부를 수다쟁이에 불과하다고 보는 것과 마찬가지다. 스튜어트 왕가 지지자들

* 폴 드 라팽 드 투아라(1661~1725)가 집필한 『영국 역사』(1724~1727)를 가리킨다.

은 스코틀랜드 여왕 메리 스튜어트를 성녀처럼 생각하지만 다른 사람들은 그녀가 방탕한 간통녀에다 살인자라고 한다. 그러므로 영국에는 논쟁만 있고 역사는 없다. 물론 지금 현재 영국에는 타키투스의 훌륭한 번역자인 고든 씨가 있는데 그는 자기 나라 역사를 쓸 수 있는 충분한 역량이 있지만 드 라팽 드 투아라 씨가 선수를 치고 말았다. 결론적으로 말하자면 영국에는 우리 나라만큼 좋은 역사가가 없고 진정한 비극 작품이랄 것도 없지만, 매력적인 희극과 감동적인 시, 그리고 전 인류의 스승이 될 만한 철학자가 있다.

영국인들은 프랑스어로 된 작품에서 많은 것을 배웠다. 이제 우리가 그들로부터 배워야 할 차례다. 영국인과 프랑스인은 이탈리아인보다 늦게 개명했다. 이탈리아는 우리의 스승이었지만, 이제는 우리가 몇몇 분야에서 그들을 추월했다. 이 세 나라 중에서 어느 나라가 제일 나은지는 알 수 없지만 이 셋의 서로 다른 독특한 장점을 느낄 수 있는 사람이야말로 진정 행복한 사람일 것이다.

편지 23
문인들의 처우에 관하여

프랑스에 있는 것과 같은 학예장려기관들은 영국뿐만 아니라 이 세상 어느 나라에서도 찾아볼 수 없다. 대학이야 세계 도처에 있다. 그러나 천문학, 수학 전 분야, 의학, 고대 연구, 회화, 조각, 건축을 장려하는 기관을 모두 겸비한 곳은 오직 프랑스뿐이다. 루이 14세는 이 모든 기관을 창설함으로써 불멸의 이름을 얻었다. 그러나 그 비용이라야 연간 20만 프랑도 채 안 되었다.

영국 의회는 지구의 경도를 발견하는 사람에게 20만 기니를 주겠다고 약속했지만(이 발견은 너무 어려워서 불가능에 가깝다고들 한다) 학예에 관한 한 루이 14세를 따라할 생각을 전혀 하지 않다니, 참 놀라운 일이다.

영국에서 재능이 있는 사람들은 다른 형태의 보상을 받는데 사실 이러한 보상이 더욱 국가의 위신을 드높인다. 영국 국민은 재능을 매우 존중하기 때문에 재능 있는 사람은 반드시 출세한다. 프랑스 같았으면 애디슨 씨는 어느 아카데미의 회원으로 선출되어 어느 여성의 주선으로 1200프랑의 연금을 받게 되었을 것이다. 아니, 오히려 시비에 휘말렸을지도 모르겠다. 그의 비극 〈카토〉의 몇몇 구절에 권력자 집의 문지기를 비난하는 대목이 있다는 이유로 말이다. 그런데 영국에서 그는 국무차관을 지냈다. 뉴턴 씨는 영국의 조폐국장을 역임했고 콩그리브 씨도 중요한 직책을 맡았다.* 프라이어 씨는 전권대사가 되었다. 스위프트 박사는 아일랜드에 있는 한 성당**의 주임사제로서 아일랜드 대주교보다 더 존경을 받았다. 포프 씨는 종교 때문에 공직에는 오르지 못했지만*** 호메로스의 작품을 번역해 20만 프랑을 벌었다. 나는 프랑스에서 〈라다미스트〉의 작가****가 굶어죽을 지경에 이른 것을 보았다. 프랑스의 저명한 인물인 그 아들 역시 부친과 같은 길을 가기 시작했고, 파공 씨가 아니었다면 빈곤에서 헤어나지 못했을 것이다. 영국에서 문예를 북돋우는 것은 무엇보다도 문예에 대한 존경심이다. 수상의 초상은 수상 집무실의 벽난로 위에 걸려 있지만 포프 씨의 초상화는 내가 본 것만 해도 스무 곳이 넘는 가정집에 걸려 있었다.

뉴턴 씨는 생전에 영광을 누렸고, 사후에도 마땅한 존경을 받았다.

---

* 그는 자메이카 장관을 역임했다.

** 더블린의 성 패트릭 대성당.

*** 그는 가톨릭이었는데 당시 영국에서는 국교도만 공직을 맡을 수 있었다.

**** 프로스페 졸리오 드 크레비용, 즉 아버지와 아들이 모두 문인이었던 크레비용 부자 중 아버지 쪽을 말한다.

국가의 주요 인사들이 그의 운구행렬에 참가하여 관 위에 덮는 천을 서로 들려고 했다. 웨스트민스터사원에서 사람들이 참배하는 것은 왕의 무덤이 아니라 국가의 영광에 이바지한 위인들에게 감사하기 위해 국가가 세운 기념물들이다. 아테네에서 소포클레스와 플라톤의 동상을 보듯 영국인은 웨스트민스터에서 자국 위인들의 동상을 본다. 그들 중에는 이 영광스러운 기념물에서 큰 감명을 받아 훌륭한 위인이 된 사람도 있을 것이다.

단지 재능이 있다는 이유로 과도한 영예를 부여한다고 영국인을 비난한 사람도 있었다. 유명한 배우인 올드필드 양을 뉴턴 씨와 맞먹는 예우로 웨스트민스터사원에 안치했다고 빼쭉거린 사람도 있었다. 몇몇 사람은 영국인들이 이 배우를 그처럼 예우한 것은 르쿠브뢰르 양의 유해를 구덩이에 아무렇게나 던진 프랑스인들의 야만적이고 비열한 불의를 더 강조하기 위해서라고 주장했다.*

그러나 내가 확실히 말하거니와 영국인이 올드필드 양의 장례를 우리의 생드니성당 격인 장소에서 성대히 치른 것은 오직 그들의 취향에 따른 것이다. 그들은 소포클레스와 에우리피데스의 예술을 모욕할 생각이 추호도 없었을뿐더러, 조국의 명예를 드높인 작품들을 혼신을 다해 그들 앞에서 암송하는 사람들의 유해를 일반 시민들의 유해와 떼어 놓을 생각도 전혀 없었다.

---

* 볼테르가 찬미해 마지않았던 프랑스 배우 아드리엔 르쿠브뢰르는 1730년 사망했는데 당시 프랑스에서 배우는 기독교에 따른 장례를 치를 수 없었기 때문에 묘지에 묻지 못하고, 밤중에 관도 없이 천에 싸서 센강변에 암매장해야 했다. 볼테르는 여러 차례 이를 비난했다.

찰스 1세 치하, 그중에서도 내전* 초기에는 연극에 반대하는 글이 많이 쓰였는데, 찰스 1세와 우리 왕 앙리 대왕의 따님인 왕비**께서 연극을 매우 좋아했기 때문이었다. 영국 내전은 광적인 엄격주의자들에 의해 시작되었으나 결국은 그들도 희생자가 되고 말았다.

프린***이라는 이름의 박사는 극도로 편벽한 청교도였다. 그는 짧은 외투 대신 긴 수단을 입으면 곧바로 지옥에 떨어질 듯이 굴었으며, 신의 영광과 포교를 위해서라면 인류의 절반을 학살할 법한 인물이었다. 그는 국왕 부처 앞에서 매일 상연되는 제법 괜찮은 희극들을 비판하는 매우 나쁜 책을 썼다. 그는 유대교 랍비들의 권위와 성 보나벤투라****의 몇 구절을 인용하여 소포클레스의 「오이디푸스」가 악마의 작품이며 테렌티우스*****는 같은 이유로 파문당한 사람이라고 주장했다. 그리고 브루투스는 매우 엄격한 얀센파였고 카이사르는 대사제였다고 하면서, 브루투스가 카이사르를 죽인 건 카이사르가 「오이디푸스」라는 비극을 썼기 때문이었다고 했다. 또한 그는 연극을 보는 사람은 죄다 성유와 세례를 부인하는 파문당한 사람들이라고 말했다. 이는 국왕과 왕실 전체를 모욕하는 것이었다. 당시 영국인들은 찰스 1세를 존경하고 있었으므로

---

* 찰스 1세와 청교도 간에 벌어진 잉글랜드 내전. 1차(1642~1645) 내전에 패배한 찰스 1세는 2차(1648~1649) 내전을 일으켰으나 패배하고 결국 처형된다.

** 앙리 4세의 딸 앙리에트 마리 드 프랑스.

*** 윌리엄 프린(1600~1669). 영국 법률가, 문필가. 원칙에 철저한 청교도로 1632년 연극과 배우를 비판하는 『히스트리오매스틱스: 연기자의 천벌 혹은 배우의 비극』을 썼는데 이것이 찰스 1세와 왕비에 대한 비판으로 받아들여져 투옥되기도 했다.

**** 중세 이탈리아의 신학자.

***** 고대 로마의 희극작가이자 시인.

왕을 파문하느니 어쩌니 하는 말을 용납하지 않았다. 물론 나중에는 왕의 목을 베었지만 말이다. 어쨌든 그 때문에 프린 씨는 성실星室재판소* 에 불려가서 귀가 잘리는 형을 받고 자기 책이 형리의 손에 불타는 것 또한 목도해야 했다. 그의 재판 과정은 공식 기록에 남아 있다.

이탈리아에서는 오페라를 폄하하지 않으며 세네지노 씨나 쿠초니 양을 파문하지도 않는다.** 나는 연극에 반대하는 몹쓸 책들을 프랑스에서 없애버렸으면 좋겠다. 연극 분야에서 탁월한 성취를 이룬 우리가 이 예술을 폄하하고, 국왕의 녹을 먹는 사람들을 파문하고, 수도원과 수녀원에서 공연된 연극을 불경하다고 단죄하고, 루이 14세와 루이 15세가 직접 연기한 공연을 모욕하고, 가장 엄격한 검열관이 검토한 다음 덕성스러운 왕비 앞에서 공연된 연극을 악마의 작품이라고 한다면, 이탈리아인과 영국인들은 무어라고 하겠는가? 이러한 오만과 국왕에 대한 이러한 불경, 이러한 괴상하고 야만스러운 작태를 외국인들이 안다면, 그리고 그것을 우리가 기독교인의 엄격함이라고 부른다는 것을 안다면 우리 나라에 대해 어떻게 생각하겠는가? 그토록 불경하다고 공인된 예술을 우리 나라의 법이 허용하고 있다는 것을 어떻게 납득할 수 있겠는가? 또한 법으로 허용되고, 군주에게 상을 받고, 위대한 인물들이 가꾸고 키워왔으며, 모든 국민이 경탄해 마지않는 이 예술을 파렴치하고 수치스러운 것인 양 비난한다면? 그리고 서점에 연극을 비난하는 르브

---

* Star Chamber. 영국의 형사법원으로 1641년에 폐지되었다. 배심원이 없으며 전횡으로 유명했다.

** 18세기에 활동한 오페라 가수들로, 카스트라토인 프란체스코 베르나르디와 소프라노인 프란체스카 쿠초니를 지칭한다. 이들은 볼테르가 영국에 머물 당시 영국 공연을 했다.

룅 신부의 책이 라신과 코르네유, 그리고 몰리에르의 위대한 작품들 옆에 버젓이 놓여 있으면 외국인들은 무어라고 하겠는가?

편지 24

아카데미에 관하여

영국인들은 우리보다 훨씬 앞서 과학 아카데미를 설립했지만 우리만큼 잘 관리하지는 못했다. 그 유일한 이유는 아마 영국 아카데미가 우리 아카데미보다 먼저 생겨서일 것이다. 만일 파리 아카데미보다 늦게 생겼더라면 선발 주자의 몇몇 좋은 규칙을 받아들이고 나머지 규칙들도 보다 완전하게 만들었을 것이기 때문이다.*

영국 왕립협회에는 인간에게 가장 필수적인 두 가지, 즉 보상과 규칙이 없다.** 파리 아카데미 회원이 된 기하학자나 화학자는 적지만 확실한 보수를 받는다. 반대로 런던의 왕립협회 회원은 도리어 자기가 돈

* 영국 왕립협회는 1660년에, 프랑스의 과학 아카데미는 1666년에 창설되었다.

** 영국 왕립협회에는 창설 당시부터 운영 규칙들이 있었는데 볼테르는 이 점을 모르고 있었던 듯하다.

을 낸다.* 영국에서는 "예술을 좋아한다"고 말하는 사람은 누구든지 원하면 바로 회원이 될 수 있다. 그러나 프랑스에서는 아카데미 회원이나 연구원이 되려면 애호가 정도로는 안 되고 전문 학자여야 하는데다 자리를 놓고 여러 사람들과 경쟁해야 한다. 이 자리는 명예와 돈을 줄 뿐만 아니라 얻기가 어려워 경쟁이 치열하다. 또한 수학을 외곬으로 연구하는 사람 특유의 정신적 경직성 때문에 이 경쟁은 더욱 무시무시해진다.

과학 아카데미는 현명하게도 그 분야를 자연에 대한 연구에 국한하고 있다. 사실 그것 역시 매우 광범위한 분야로 5, 60명의 인원이 일할 거리가 충분히 된다. 영국의 왕립협회는 문학과 물리학이 뒤섞여 있다. 문예만 다루는 아카데미가 따로 있는 편이 좋을 것 같다. 그래야만 혼란스럽지 않고, 또한 새로운 곡선에 관한 수많은 논문 사이에 로마 여성들의 머리 모양에 관한 논문이 끼지 않게 될 것이다.

런던의 왕립협회는 질서도 별로 없고 장려책도 전혀 없다. 파리의 과학 아카데미는 그와는 정반대다. 그러므로 프랑스의 아카데미 논문집이 영국보다 더 나은 것은 놀라운 일이 아니다. 잘 훈련되고 좋은 보수를 받는 군인들이 결국에는 의용군을 이기는 법이다. 물론 왕립협회에 뉴턴이 있었던 것은 사실이지만 협회가 그를 키운 것도 아니고 협회 내에 그를 제대로 이해하는 사람도 거의 없었다. 사실 뉴턴 같은 천재는 우리 모두의 스승인 까닭에 유럽의 모든 아카데미에 속한다고 봐야 한다.

---

* 프랑스 과학 아카데미 연구원은 1734년을 기준으로 연간 1200프랑 내지 3000프랑을 받았다. 반면, 영국 왕립협회 입회비는 40실링이고, 분기당 13실링의 회비를 냈다.

유명한 스위프트 박사는 앤 여왕 치세 말기에 아카데미 프랑세즈를 모델로 삼아 언어 아카데미를 세울 계획을 세웠다. 이 계획은 재무장관인 옥스퍼드 백작과 국무장관인 볼링브로크 자작의 후원을 받았다. 볼링브로크 경은 스위프트가 서재에서 글을 쓰는 것만큼이나 정확한 말로 의회에서 즉석연설을 할 수 있는 재능이 있는 사람이었기에, 이 아카데미의 보호자이자 영예가 될 수 있는 인물이었다. 이 아카데미를 구성할 회원들은 영어가 존속하는 한, 길이 살아남을 뛰어난 작품을 남긴 인물들이었다. 그 이름을 들자면 스위프트 박사, 우리가 이미 이 편지에서 언급한 바 있는 전권대사로서 영국의 라퐁텐이라 할 수 있는 프라이어 씨, 영국의 부알로라 할 수 있는 포프 씨, 영국의 몰리에르 콩그리브 씨, 그리고 이름이 잘 생각나지 않는 여러 사람이 이 협회의 초대 회원이 될 예정이었다. 하지만 앤 여왕이 급서하자 정권을 잡은 휘그당은 이 아카데미의 지지자들을 목매달아 죽이려 들었고* 이는 여러분이 짐작하시듯이 문학에 치명타를 가했다. 이 협회의 초대 회원은 아카데미 프랑세즈의 초대 회원들보다도 훨씬 우수했을 것이다. 스위프트, 프라이어, 콩그리브, 드라이든, 포프, 애디슨 등은 저술을 통해 영어를 정립했다. 이에 반해 아카데미 프랑세즈의 초대 회원인 샤플랭, 콜르테, 카세뉴, 파레, 페랭, 코탱 등은 프랑스의 수치다. 이들의 이름은 웃음거리가 된 까닭에 요즘 작가들 중 샤플랭이나 코탱이라는 성을 가진 사람은 분명 성을 갈아야 할 것이다. 게다가 영국의 아카데미는 아카데미 프랑세즈와는 전혀 다른 일을 했을 것이다. 어느 날 한 영국 지식인이

* 앤 여왕이 직계 후손을 남기지 못하고 급서하면서 스튜어트 왕가는 단절되었고 하노버 왕가의 조지 1세가 즉위했다. 정권이 바뀌면서 언어 아카데미 설립은 백지화되었다.

내게 아카데미 프랑세즈의 논문집을 요청했다. 나는 다음과 같이 대답했다. "논문집 같은 건 없습니다. 하지만 축사祝辭집은 60권 내지 80권 출판했습니다."* 그는 그중 한두 권을 훑어보았다. 그는 우리 나라의 훌륭한 저자들의 글을 매우 잘 이해하는 사람이었지만 축사는 도무지 이해할 수가 없었다. "이 멋진 연설들의 내용은 천편일률적이네요." 그가 내게 말했다. "신입회원들은 자기 전임자가 위대한 사람이라고, 리슐리외 추기경은 매우 위대한 사람이고, 세귀에 대법관은 상당히 위대한 사람이고, 루이 14세는 다시 없을 위대한 사람이었다고 말합니다. 그러면 회장이 똑같은 식으로 답한 다음, 신입회원도 그런 위대한 사람이 될 것이며, 회장 자신도 뒤지지 않을 것이라고 덧붙입니다."

이 모든 연설이 어째서 아카데미 프랑세즈의 영예에 별 도움이 되지 않는지 그 이유는 분명하다. 그것은 "한 인간의 악덕이 아니라 시대의 악덕"**인 것이다. 신입회원 입회식 때 이런 찬사를 하는 것이 어느 사이 관례가 되어버렸다. 청중을 지겹게 하는 것이 일종의 규칙이 된 것이다. 그러므로 이 단체에 들어온 뛰어난 천재들이 때로 매우 시원찮은 연설을 한 이유도 뻔하다. 진부한 주제를 새로운 방식으로 다루어 자신을 돋보이게 하려니 어쩔 수 없었던 것이다. 말은 해야겠고, 할말은 없고, 하지만 재치는 부려야겠고. 이 세 가지는 가장 위대한 사람조차 웃음거리로 만들어버리는 조건이다. 새로운 아이디어가 없으니 새로운

* 볼테르의 과장이다. 1698년에서 1714년 사이 출판된 축사집은 3권에 불과하다. 게다가 아카데미 프랑세즈는 1694년에서 1718년 사이에 『아카데미 사전』이라는 프랑스어 사전을 발간했다.

** Vitium est temporis potius quam hominis. 로마 철학자 세네카의 말이라고 회자된다.

표현이라도 찾으려 애쓰게 되고, 그러다보면 입속에 아무것도 없는데 뭔가 씹는 척하고, 굶주림으로 죽어가면서도 잘 먹는 척하는 사람처럼 생각 없이 말하게 되는 것이다.

아카데미 프랑세즈는 이 연설을 모두 출판하는 것을 원칙으로 해서, 이 연설을 통해서만 세상에 알려진다. 차라리 연설을 출판하지 않는 것을 원칙으로 삼아야 할 듯싶다.

프랑스의 문예 아카데미는 아카데미 프랑세즈에 비해 더 현명하고 유익한 목표를 가지고 있다. 그 목표란 관심을 끄는 연구와 비평을 가득 실은 논문집을 발간하는 것이다. 이 논문집은 이미 외국에서 높은 평가를 받고 있다. 단지 희망사항이 있다면 몇몇 주제는 좀더 깊이 있게 다루고, 나머지 주제는 다루지 않았으면 하는 것이다. 예를 들어 왼손에 대한 오른손의 우월성에 관한 논문이라든가, 제목은 이보다 낫지만 내용은 똑같이 시원찮은 몇몇 연구 논문은 차라리 없는 편이 낫다.

과학 아카데미는 보다 어렵고 유용한 연구를 하며, 그 주제는 자연에 관한 지식과 기술 발달을 아우른다. 그처럼 심오하고 그처럼 꾸준한 연구, 그처럼 정확한 계산, 그처럼 정묘한 발견, 그처럼 원대한 시야는 결국 세상에 유용한 무언가를 만들어낼 것이다.

우리가 앞에서 함께 살펴보았듯이* 가장 유용한 발견은 가장 미개한 시대에 이루어졌다. 가장 계몽된 시대, 가장 학식 높은 단체의 역할이란 이 무지한 사람들이 발명한 것을 연구하는 데 있다. 하위헌스 씨와 르노 씨가 오랜 논쟁 끝에 용골과 배의 키 사이의 가장 적절한 각도를

* 열두번째 편지 「베이컨 대법관에 관하여」 참조.

확정했다. 그러나 크리스토퍼 콜럼버스는 아메리카를 발견할 때 이런 각도가 있는지조차 몰랐다.

그러나 나는 결코 맹목적으로 실용만 고집해야 한다고 주장하는 게 아니다. 다만 물리학자와 기하학자가 가능한 한 이론에 실용을 더한다면 좋을 것이다. 인간 정신에 대한 가장 큰 영예가 되는 것이 실생활에는 전혀 쓸모없는 경우도 왕왕 있지 않은가? 네 가지 산수셈법과 상식만 가지고도 자크 쾨르, 델메, 베르나르 같은 위대한 상인이 될 수 있다.* 반면에 가엾은 대수학자는 숫자 간의 여러 관계, 그리고 매우 놀랍기는 하지만 전혀 쓸데없는 여러 성질을 발견하는 데 일생을 보내지만 환전이 무엇인지조차 모른다. 학술은 대부분 이러하다. 어떤 수준을 넘어서면 연구는 단지 호기심을 충족시키기 위한 것이 되고 만다. 이와 같은 신기한, 그러나 쓸모없는 진리는 아득히 멀리 있는 별들과 같아서 우리를 전혀 밝혀주지 못한다.

아카데미 프랑세즈가 매년 축사집을 발간하는 대신 루이 14세 시대의 양서들을 제대로 출판한다면, 즉 그 책들 속에 섞여 있는 언어적 오류를 모두 바로잡아 출간한다면 문학과 언어와 국가에 얼마나 큰 도움이 되겠는가?** 코르네유와 몰리에르 작품은 언어적 오류투성이다. 라퐁텐 역시 그렇다. 수정할 수 없는 것에는 표시만이라도 해둘 수 있을 것이다. 그러면 이들의 작품을 읽는 유럽인은 안심하고 프랑스어를 배

---

* 자크 쾨르(1395~1456)는 프랑스와 레반트 지역 간 무역을 처음으로 개시한 프랑스 상인이고, 피터 델메는 런던 상인으로 1723년에 런던 시장이 된 인물이며, 사뮈엘 베르나르(1651~1739)는 프랑스의 유명한 금융업자다.

** 아카데미 프랑세즈는 1700년부터 이런 목적으로 여러 작가의 작품들을 검토하고 있었는데 볼테르는 이를 모르고 있었던 듯하다.

울 수 있을 테고 프랑스어의 순수성은 영원히 지켜질 것이다. 국왕이 댄 비용으로 다듬어져 인쇄된 프랑스의 명저는 프랑스 국민의 명예로운 기념비가 되리라. 나는 예전에 부알로가 이런 제안을 했었다는 얘기를 들었다. 그리고 명석함과 지혜, 건전한 비판 정신을 갖추었다고 알려진 어떤 인물이 재차 제안했다는 이야기도 들은 바 있다. 그러나 이것 역시 다른 많은 유용한 계획들이 그러했듯 승인은 받았지만 실행에 옮겨지지는 못했다.

편지 25
파스칼 씨의 『팡세』에 관하여

파스칼 씨의 『팡세』에 관하여 오래전에 써두었던 비평문을 보내드린다. 솔로몬의 모든 책을 불태워버리려 했던 히스기야*와 나를 비교하지는 마시기를 간곡히 부탁하는 바이다. 나는 파스칼의 재능과 글솜씨를 존중하기 때문에 더욱더 이렇게 확신한다. 만일 시간이 있었더라면 파스칼 자신이 그 책의 많은 부분을 고쳤을 것이라고 말이다. 사실 그 책은 파스칼이 나중에 천천히 검토해보려고 생각나는 대로 적어두었던 메모에 불과하다. 나는 그의 몇몇 생각을 반박하면서도 그의 재능에 탄복해 마지않는다.

---

* 유다왕국의 왕(재위 715~686 BC). 우상숭배를 막기 위해 여러 개혁을 단행했다. 그는 솔로몬이 지었다고 알려진 『치료법』도 감추었다고 전해지는데, 그 이유는 사람들이 하느님보다 그 책을 더 믿을까 겁나서였다고 한다.

대체로 파스칼 씨는 『팡세』에서 인간을 매우 추악한 모습으로 제시하려 한 듯하다. 그는 우리를 매우 사악하고 불행하게 묘사하려 애썼다. 인간의 본성에 관한 그의 글은 그가 예수회에 반대하며 썼던 글과 비슷하다. 즉 몇몇 인간만이 지닌 속성을 인간성의 본질이라고 확대 적용한 것이다. 그는 매우 유려한 문체로 인류 전체에 욕설을 퍼부었다. 나는 이 숭고한 염세주의자에 반대하여 인간의 편을 들고자 한다. 우리는 그가 말하는 것만큼 사악하지도, 불행하지도 않다고 주장하고자 한다. 나아가 만일 그가 구상하던 책이 『팡세』에 나타난 의도에 따라 집필되었다면 그 책은 유려하지만 잘못된 추론과 근사하지만 틀린 연역으로 가득한 책이 되었으리라고 나는 확신한다. 그뿐만 아니라 그리스도교를 입증하기 위해 근자에 집필된 책들은 죄다 교화보다 타락을 조장하고 있다고 생각한다. 이 저자들이 예수그리스도나 사도들보다 기독교에 대해 더 잘 알고 있단 말인가? 그것은 주위에 갈대를 둘러 떡갈나무를 지지하려는 것과 같아서 이 쓸데없는 갈대를 없애도 나무에 전혀 해가 되지 않는다.

나는 신중하게 파스칼 씨의 몇몇 단상을 고르고 그 아래에 나의 반론을 적었다. 내 말이 옳은지 그른지는 당신이 판단해주기 바란다.

1. (182) 인간의 위대와 비참은 이토록 명백하므로 참된 종교는 인간 안에 위대의 대원리와 비참의 대원리가 있다는 것을 기필코 가르쳐야 한다. 왜냐하면 진정한 종교는 우리의 본성을 속속들이 알고 있어야 하기 때문이다. 즉, 우리 본성이 지닌 모든 위대함과 비참함을 알아야 하며 그 이유도 알아야 한다. 게다가 그 본성에 내재한 놀라운 모순까

지 설명할 수 있어야 한다.*

이러한 추론 방식은 옳지 않고 위험해 보인다. 프로메테우스와 판도라의 신화 및 플라톤의 양성구유 인간, 그리고 샴족의 교리 역시 이런 분명한 모순은 충분히 설명해줄 수 있기 때문이다. 이런 기발한 결론은 재치를 뽐내는 데에나 쓸모가 있다. 그리스도교의 참됨은 결코 이런 데 있지 않다.

그리스도교는 오직 단순성과 인정人情과 자비만을 가르친다. 그런데 만일 이것을 형이상학으로 본다면 수많은 오류의 원천이 되고 말 것이다.

2. (182) 이러한 관점으로 세계의 모든 종교를 검토해보고 기독교 외에 이 조건들을 만족할 만한 다른 종교가 또 있는지 보기 바란다. 우리 안에 있는 선을 선의 전부로 제시하는 철학자들은 어떠한가? 그것은 참된 선인가? 그들은 우리의 불행에 대한 구원을 빌견했는가? 인간

---

* 파스칼의 『팡세』는 완성된 저작이 아니라 파스칼이 써놓은 짧은 단상들을 후에 편집자들이 정리한 것으로, 여러 판본이 있다. 볼테르가 사용한 판본은 현대에 발간되는 어느 판본과도 정확히 일치하지 않는다. 한국에서 출간된 『팡세』의 대표적 판본으로는 루이 라퓌마와 J. 델마의 1960년 판본을 번역 대본으로 삼은 것(『팡세』, 이환 역, 민음사, 2003)과 또 한 명의 대표적인 편집자, 필리프 셀리에가 편집한 1991년 보르다스 출판사 판을 원전으로 삼은 것(『팡세』, 김형길 역, 서울대학교 출판문화원, 2010)이 있다. 본 번역은 2010년 판 김형길의 번역에 주로 의거하였으며 볼테르의 인용문이 이 번역본에 없는 경우, 이환의 번역에 의거하였다. 인용문 앞 괄호 속의 번호는 김형길 역 『팡세』의 단상 번호이며 이환 번역본을 참고한 경우 각주로 표시했다. 그러나 한국어판 서지는 독자의 편의를 돕기 위해 참고로 제시되었을 뿐이다.

을 신과 동등한 자리에 올려놓음으로써 인간의 오만을 바로잡았는가? 우리를 짐승과 동등하게 만든 사람들, 그리고 우리에게 선이라고는 오직 지상의 쾌락만을 준 자들은 우리의 정욕에 대한 치유책을 가져다주었는가?

철학자들은 종교에 대해 가르친 적이 없다. 그러므로 여기서 그들의 철학을 비난해서는 안 된다. 철학자들은 신의 계시를 받았다고 한 적이 없다. 만일 그렇다면 그들은 철학자가 아니라 예언자일 것이다. 중요한 것은 예수그리스도가 아리스토텔레스에 우선해야 하는지 어떤지 알아보는 것이 아니라, 예수그리스도의 종교는 참된 종교이며 마호메트 및 다른 모든 종교가 거짓된 종교라고 입증하는 것이다.

3. 그러나 그 무엇보다도 불가해한 이 신비가 없으면 우리 자신도 불가해한 것이 되고 만다. 우리 인간 조건의 매듭을 푸는 실마리는 원죄의 심연 속에 깊이 숨겨져 있다. 그러므로 이 신비가 없다면 인간은 이 신비가 인간에게 불가해한 것 이상으로 불가해해진다.*

"이 불가해한 신비가 없다면 인간도 불가해해진다"는 말이 논리적으로 타당한가? 왜 성경보다 더 나아가려 하는가? 성경을 뒷받침할 무엇인가가 필요하며 이와 같은 철학적 사상이 그런 지지대 역할을 할 수 있다는 것은 주제넘은 생각이 아닐까?

---

* 단상 246.

만일 어떤 사람이 다음과 같이 말했다면 파스칼 씨는 뭐라고 대답했을까? "나는 원죄의 신비가 내 신앙의 대상이지 이성의 대상이 아니라는 사실을 알고 있습니다. 나는 그런 신비 없이도 인간이 무엇인지 잘 압니다. 인간은 다른 동물들과 같은 방식으로 이 세상에 태어나며 어미의 몸이 섬세할수록 분만은 더욱 고통스럽습니다. 그래서 때로 여성들과 동물의 암놈들이 분만중에 죽기도 합니다. 때로는 장애를 지닌 아기가 태어나서 한두 가지 감각 기능이 없거나 추론능력 없이 일생을 보내기도 합니다. 몸의 기능이 아주 좋은 사람은 매우 극렬한 정념을 갖고 있습니다. 자기애는 모든 사람이 느끼는 감정으로 오감과 마찬가지로 꼭 필요한 것입니다. 신은 우리 존재의 보존을 위해 자기애를 주시고 이 자기애를 통제하기 위해 종교를 주셨습니다. 우리 몸의 기관들의 강건하고 허약한 정도에 따라, 우리 정념의 강약에 따라 우리의 생각은 적확하기도 하고 비논리적이기도 하며 애매모호하거나 반대로 매우 명쾌할 수도 있습니다. 우리는 우리를 둘러싼 공기와 우리가 먹는 음식에 의존하고 있는데 이 모든 것에는 어떤 모순도 없습니다. 당신은 수수께끼 풀이를 즐기기 위해 인간을 수수께끼라고 생각하는 모양이지만 인간은 결코 수수께끼가 아닙니다. 인간은 자연 속에서 적당한 자리를 차지하고 있는 듯합니다. 즉 오장육부가 인간과 비슷한 다른 동물보다는 상위에 있고, 생각한다는 면에서 인간과 닮은 다른 존재들보다는 하위에 있지요. 인간 역시 우리가 보는 모든 것과 마찬가지로 선과 악, 쾌락과 고통이 섞인 존재입니다. 행동하기 위한 열정과 행동을 제어하기 위한 이성을 지니고 있습니다. 만일 인간이 완벽하다면 그는 인간이 아니라 신일 것입니다. 따라서 당신이 모순이라고 불렀던, 인간이 지닌 모든 상반되는 요소는 인간을 구성하는 데 필수적인 요소들입니다."

4. (182) 우리의 행위를 추적하여 우리 스스로 우리 자신을 관찰해 보고 거기서 두 본성의 생생한 특징들을 발견할 수 없는지 살펴보자.

단일한 주체 속에서 상반된 것을 이토록 많이 발견할 수 있는가?

인간의 이러한 이중성은 너무도 확연해서 우리 인간에게는 영혼이 두 개 있다고 생각한 사람도 있다. 단일한 주체에게 그토록 급작스럽고 과격한 변화가 일어나는 것, 과도한 자만으로부터 끔찍한 절망으로 한 순간에 곤두박질치는 것이 불가능해 보였던 것이다.

우리의 다양한 의지는 결코 자연과 모순되지 않을뿐더러 인간은 결코 단일한 주체가 아니다. 인간은 무수히 많은 기관으로 구성되어 있어서 만일 이 기관들 중 하나라도 조금 나빠지면 그것이 뇌의 반응을 모두 변화시키는 바람에 인간이라는 동물은 새로운 생각과 새로운 의지를 갖게 된다. 우리는 때로 슬픔에 잠기고 또 때로는 자만심에 부푼다. 이는 우리가 정반대되는 상황에 처하기 때문이다. 주인이 예뻐하고 먹이를 잘 주는 동물과 서서히 교묘하게 죽임을 당하는 해부용 동물은 전혀 다른 감정을 느낀다. 우리도 마찬가지다. 우리들 속에 있는 차이는 별로 모순되지 않아서 만일 차이가 없다면 그게 더 큰 모순일 것이다.

우리에게 2개의 영혼이 있다고 말한 미치광이들은 같은 이유로 우리에게 3, 40개의 영혼이 있다고 말할 수도 있다. 왜냐하면 커다란 정념에 사로잡힌 사람은 때로 같은 것에 대해 3, 40개의 다른 생각을 가지기 때문인데, 사실 이러한 행태는 당연하다. 실제로 그 대상은 그에게 그 정도로 다르게 보이니까 말이다.

이른바 인간의 이중성이란 형이상학적일 뿐만 아니라 부조리한 관념이다. 개는 물기도 하고 핥기도 하니까 이중적이고, 암탉은 새끼가 어릴 때면 극진히 돌보다가 크고 나면 완전히 내팽개치니까 이중적이고, 거울은 한번에 여러 가지 물건을 비추니까 이중적이고, 나무는 잎사귀로 덮였다가 앙상해지니까 이중적이라고 말하는 셈이다. 물론 나는 인간이 불가해한 존재임을 인정한다. 하지만 자연의 모든 것이 다 그렇다. 유독 인간에게만 더 많은 모순이 있는 것은 아니다.

5. 신이 있다는 쪽에 내기를 걸지 않는 것은 신이 없다는 쪽에 내기를 거는 것과 같다. 그렇다면 당신은 어느 패에 걸겠는가? 신이 있다는 패를 택한 다음 득과 실을 저울질해보자. 만약 당신이 맞다면 모든 것을 얻고, 틀린다 해도 당신은 아무것도 잃지 않는다. 그러니 주저하지 말고 신이 있다에 걸어라. ―그래, 걸어야 하오. 하지만 너무 많이 거는 게 아닌지. ―어디 생각해보자. 득과 실의 확률이 같을 때 한 생명으로 두 생명을 얻을 뿐이라고 해도 당신은 걸 수 있다.*

"신이 있다는 쪽에 내기를 걸지 않는 것은 신이 없다는 쪽에 내기를 거는 것과 같다"는 말은 분명히 틀렸다. 의심스러워하며 분명한 해답을 요구하는 사람은 결코 어느 쪽에도 걸지 않기 때문이다.

게다가 이 단상은 다소 품격 없고 유치해 보인다. 내기 및 득과 실이

* 단상 343.

라는 관념은 이 무거운 주제에 전혀 어울리지 않는다.

또한 내가 어떤 것을 믿어서 얻는 이익이 있다고 해서 그것의 존재가 증명되는 것은 아니다. "만일 당신이 내 말이 옳다고 믿으면 이 세상 전부를 주겠소" 하고 어떤 사람이 내게 말했다고 치자. 그러면 나는 그의 말이 옳기를 진심으로 바랄 것이다. 그러나 그것이 증명될 때까지 나는 그의 옳음을 믿지 못할 것이다.

우선 내 이성부터 납득시켜달라고 나는 파스칼 씨에게 말할 수 있을 것이다. 물론 신이 있는 쪽이 내게 바람직하다. 하지만 당신의 체계에 의하면 신은 극히 소수의 사람들에게만 나타나고 그 수가 그렇게 지독히 작다면, 그리고 내가 아무것도 나 스스로 할 수 없다면, 당신을 믿는 것이 내게 무슨 이득이 되겠는가? 차라리 그 반대를 믿는 편이 낫지 않겠는가? 당신은 무슨 염치로 내게 백만 명 중에 한 명이 누릴까 말까 한 무한한 행복에 대해 말할 수 있단 말인가? 나를 설득하고 싶으면 다른 방식을 취하기 바란다. 도박이니 내기니 동전의 앞면이니 뒷면이니 하는 소리를 늘어놓지 마시라. 또한 내가 나아가려 하고, 또 나아가야만 하는 길 위에 가시를 뿌리며 겁주지도 마시라. 당신의 논리는 무신론자를 만들어낼 뿐이다. 그러나 다행히도 그런 궤변의 목소리는 약하기 짝이 없고, 우리에게 신이 있다고 외치는 자연의 목소리는 우렁차기 그지없기 때문에 절대로 그런 일은 일어나지 않을 것이다.

6. (229) 인간의 맹목과 비참, 본성에 내재한 놀라운 모순을 보면서, 그리고 전 우주가 침묵하고 있고, 인간은 누가 거기에 놓아두었는지, 무얼 하러 거기 왔는지, 죽은 후에는 어떻게 될 것인지 전혀 알지 못한

채 우주의 한구석에서 방황하고 있는 것처럼 아무런 지혜도 없이 자기 자신에게 내맡겨져 있는 것을 보면서, 나는 마치 잠든 사이 인적 없는 무시무시한 섬에 실려와 자신이 어디에 있는지, 그곳으로부터 빠져나올 방법이 무엇인지 알지 못한 채 잠에서 깨어난 사람처럼 공포에 사로잡힌다. 게다가 나는 사람들이 이렇게 비참한 상태를 알면서도 어떻게 전혀 절망에 빠지지 않는지 놀랍다.

위의 글을 읽고 있다가 먼 곳에 있는 친구의 편지를 받았다. 다음은 그 편지의 일부분이다.

"저는 당신이 여길 떠났을 때 그대로입니다. 더 기쁘지도, 더 슬프지도, 더 부자가 되지도, 그렇다고 더 가난해지지도 않았지요. 건강도 더 말할 나위 없이 좋고, 삶을 즐겁게 해주는 모든 것을 갖추고 있지만 사랑, 인색, 야망, 선망 같은 건 하나도 없으니 이런 삶이 지속되는 한 나는 감히 나 자신을 매우 행복한 사람이라 부르겠습니다."

이 사람만큼 행복한 사람은 수없이 많다. 이는 인간이든 동물이든 마찬가지다. 어떤 개는 여주인과 함께 먹고 함께 자고, 어떤 개는 꼬챙이를 돌리는 노역*을 하지만 그래도 만족한다. 또 어떤 개는 광견병에 걸려 죽임을 당한다. 나는 파리나 런던을 바라볼 때 파스칼 씨가 말한 절망에 빠질 이유를 전혀 발견할 수 없다. 그곳은 무인도 같기는커녕, 사람으로 북적이는 풍요롭고 세련된 도시다. 사람들은 그곳에서 인간 본성이 허락하는 한도 내에서 나름대로 행복하게 살고 있다. 도대체 어

* 당시 고기를 꼬챙이에 끼워 불 위에서 구웠는데 골고루 굽기 위해 이 꼬챙이를 계속 돌리는 작업에 개를 이용하기도 했다.

떤 현자가 신을 직접 대면할 수 없다는 이유로, 또 삼위일체의 신비를 이성으로 파헤칠 수 없다는 이유로 목을 매겠는가? 그건 인간에게 네 발과 날개가 없다고 절망하는 것이나 마찬가지다.

왜 우리 스스로를 혐오하게 만드는가? 우리 존재는 결코 그렇게 불행하지 않다. 세계를 감옥으로, 모든 인간을 처형을 기다리는 죄인으로 간주하는 것은 광신자의 생각이다. 이 세상이 쾌락으로 가득한 낙원이기를 바라는 것은 시바리스* 사람들의 망상이다. 땅과 인간과 동물이 섭리의 질서 안에서 마땅히 있어야 할 곳에 있다고 믿는 것이야말로 지혜로운 인간의 태도다.

7. (694) (유대인들은 다음과 같이 주장한다) 하느님은 결코 다른 민족들을 영원히 어둠 속에 버려두시지 않을 것이며, 만민을 위한 구세주가 오리라고. 유대인들은 사람들에게 이 사실을 알려주기 위해서 세상에 존재한다고. 그리고 자신들은 다른 모든 민족들과 협력해 구세주를 기다리도록 하기 위해서 특별히 조성되었다고.

유대인들은 항상 구세주를 기다려왔다. 그러나 그들의 구세주는 우리의 구세주가 아니다. 그들은 유대인을 기독교도의 주인으로 만들어줄 메시아를 기다린다. 우리는 메시아가 언젠가 유대인을 기독교와 결합시켜주기를 바란다. 이 점에 있어 그들은 우리와 정확히 반대로 생각한다.

---

* 이탈리아 남부에 있던 고대 그리스의 도시국가. 이곳 주민들은 쾌락과 사치의 추구로 유명하다.

8. (691) 이 민족을 다스리는 율법은 세상에서 가장 오래되고 가장 완전하며 한 국가에서 중단됨이 없이 계속 보존된 유일한 것이다. 이는 요세푸스*가 『아피옹에 대한 반박』에서, 그리고 유대인 필론이 여러 곳에서 밝히고 있는 사실이다. 이 율법은 너무나도 오래전부터 있어온 것이어서 법이라는 명칭조차도 천년 후에나 가장 오래된 민족들에게 알려질 정도였기에, 수많은 나라의 역사를 쓴 호메로스조차도 이 말을 사용하지 않았다고 이들은 지적한다. 이 율법은 한 번만 읽어보아도 그 완전성을 쉽게 판단할 수 있다. 여기서 우리는 유대인들이 아주 지혜롭고 공정하고 분별력 있게 모든 일에 대비하고 있음을 볼 수 있다. 그리스와 로마의 가장 초기 입법자들은 이 율법을 다소 알고 있어서 주요한 법을 그것으로부터 빌려오기도 했다. 12표법表法**이라 불리는 법률과 요세푸스가 열거하는 다른 증거들을 봐도 이 점은 명백하다.***

유대 율법이 세상에서 가장 오래되었다는 말은 틀렸다. 왜냐하면 유대인들은 그들의 입법자인 모세 이전에 이집트에 살았는데, 이 나라야말로 지구상에서 가장 지혜로운 법으로 유명했기 때문이다.

법이라는 말이 호메로스 이후에야 알려졌다는 말도 틀렸다. 호메로스는 미노스의 법에 대해 말하고 있으며 또한 헤시오도스의 글에도 법에 관한 부분이 있다. 설령 호메로스와 헤시오도스의 책에 법이라는 말

* 유대 역사가.

** 기원전 450년에 제정된 로마 최초의 성문법.

*** 단상 552.

이 없더라도 관계없다. 왕과 재판관이 있었으니 법이 있었음이 틀림없다.

그리스인들과 로마인들이 유대인의 율법을 채택했다는 말도 틀렸다. 공화국 초기에는 그들이 유대라는 나라를 알지 못했으니 불가능했고, 전성기에는 세상 사람들이 다 알다시피 그들이 변방의 야만인들을 한껏 경멸했으므로 더더욱 가능하지 않았다.

9. (692) 이 민족은 성실성에서도 감탄할 만하다. 그들은 사랑과 충성으로 이 책을 보존한다. 모세는 그 책에서 다음과 같이 언명한다. 저들은 평생토록 신의 은혜를 저버렸고 내가 죽은 후에는 한층 더할 것임을 나는 알고 있다. 그러나 하늘과 땅을 불러 저들에 대항하여 증인을 삼거니와 나는 저들에게 가르칠 만큼 충분히 가르쳤다. 또 그는, 결국 신은 저들에게 진노하여 저들을 이 땅의 모든 백성 사이로 흩어지게 하고, 저들이 그들의 신이 아닌 다른 신을 섬김으로써 신을 진노케 한 것과 마찬가지로 신은 자기의 백성이 아닌 다른 백성을 불러들임으로써 저들을 분노케 할 것이라고 말한다. 이 책은 유대인들에게 큰 불명예를 안겨주지만 그럼에도 그들은 목숨걸고 이 책을 지킨다. 이러한 성실성은 세상에 유례가 없고 또한 인간 본성에 뿌리를 두지도 않은 것이다.*

이러한 성실성의 사례는 세상 도처에서 찾아볼 수 있으며, 인간 본

* 단상 553.

성에 그 뿌리를 두고 있다. 오만한 유대인은 그들이 파멸한 이유가 잘못된 정치, 학예에 대한 무지, 거칠고 품위 없는 국민성 때문이 아니라 신의 진노를 사서 벌을 받았기 때문이라고 믿는다. 그들은 자신들을 꺾기 위해서는 기적이 일어나야 한다고 생각하며 신이 비록 자기 나라를 벌할지라도 자신들이야말로 여전히 신이 가장 사랑하는 민족이라고 으스댄다.

어떤 설교자가 단상에 올라 프랑스 사람들에게 이렇게 말한다고 하자. "여러분은 비겁자입니다. 용기도 없고 품행도 나쁩니다. 여러분은 제대로 싸울 줄 몰라서 호흐슈타트와 라미예*에서 패배한 것입니다." 그는 돌팔매질을 당할 것이다. 하지만 만일 그가 다음과 같이 말한다면 청중들의 사랑을 받을 것이다. "그대들은 하느님이 사랑하시는 가톨릭 신자들입니다. 그대들의 파렴치한 죄 때문에 신의 진노를 사서 호흐슈타트와 라미예에서 이단자들에게 진 것입니다. 하지만 여러분이 주님께 돌아가자 주님께서는 드냉**에서 그대들의 용기를 축복하셨지요."

10. (511) 신이 있다면 오직 그분만을 사랑해야 하고, 덧없는 피조물들을 사랑해서는 안 된다.

피조물을, 깊이, 사랑해야 한다. 조국을 사랑하고, 아내와 아버지와 자식들을 사랑해야 한다. 이러한 사랑은 신이 주신 천성적인 것이라서 우리가 어쩔 수 없는 것이다. 이에 반하는 원칙들은 궤변일 뿐이다.

---

* 스페인계승전쟁중 1704년과 1706년, 프랑스가 패배한 전투가 벌어진 곳들.

** 스페인계승전쟁중 1712년, 프랑스군이 승리한 전투가 벌어진 곳.

11. (680) 우리는 태어날 때부터 옳지 못한 존재다. 모두들 자기중심적이기 때문이다. 이것은 일반적 질서에 어긋난다. 우리는 일반적 선을 지향해야 한다. 왜냐하면 자기중심적 성향은 전쟁, 정치, 그리고 경제 등에서 일어나는 온갖 무질서의 시작이기 때문이다.

자기중심적 성향은 일반적 질서에 부합하는 것이다. 자기애自己愛가 없으면 사회는 형성될 수도, 존속할 수도 없다. 육욕이 없으면 자식을 낳을 수 없고, 식욕이 없으면 신체에 영양을 공급할 수 없는 것과 마찬가지 이치다. 자신에 대한 사랑은 다른 사람에 대한 사랑을 촉진하는 법이다. 우리는 서로를 필요로 하기 때문에 인류 전체에 유익한 존재가 된다. 이것이 상업의 토대를 이루고, 인간의 영원한 유대를 만들어내는 것이다. 자기애가 없다면 예술도 없고, 단지 10명으로 이루어진 작은 집단조차 만들어지지 않았을 것이다. 자연은 모든 동물에게 자기애를 부여했고, 이 자기애는 우리가 다른 존재들을 존중할 수 있도록 도왔다. 법률은 자기애를 통제하고, 종교는 이를 순화한다. 물론 신은 이타심 일색의 피조물을 만들 수도 있었다. 그랬다면 상인들은 자비심 때문에 인도에 가고, 석공은 그저 이웃 사람들을 기쁘게 하려고 돌을 다듬었을 것이다. 그러나 신은 그렇게 하지 않았다. 그러므로 신이 우리에게 주신 본능을 비난하지 말고 신의 분부에 합당하게 이용하도록 하자.

12. (738) (예언의 숨겨진 뜻은) 잘못 해석될 수 없었다. 이를 오해한 민족이라고는 너무도 육적肉的인 민족인 유대민족밖에 없다. 그들은 풍

요로운 복이 약속되어 있었음에도 불구하고 진정한 복을 깨닫지 못했다. 탐욕에 눈이 먼 나머지 이 복을 한갓 지상의 복으로 치부했기 때문이다.

그들이 이 세상에서 가장 영적인 민족이었다 할지라도 다르게 이해할 수 있었을까? 유대인은 로마의 노예였고, 자신들을 승리자로, 예루살렘을 온 세계가 숭배하는 도시로 만들어줄 구세주를 기다리고 있었다. 그런데 어떻게 십자가에 매달린 불쌍한 예수를 자신들이 기다리던 그런 정복자, 그런 왕이라고 생각할 수 있었겠는가? 그들의 최고 율법인 십계명에는 영혼 불멸에 대한 언급조차 없다. 그런 민족이 어떻게 자기네들의 수도 이름에서 천상의 예루살렘이라는 개념을 도출할 수 있었겠는가? 그토록 율법에 집착하는 민족이 어떻게 율법이 아닌 여러 예언들 속에서 숨은 신을 발견할 수 있었겠는가? 게다가 그 신은 겉으로 보아 단지 한 명의 할례받은 유대인에 불과하지 않았던가? 그러니 초월적 존재의 인도 없이 어떻게 그 유대인을 신으로, 또한 유대 율법의 신성한 토대인 할례와 안식일을 파괴할 새로운 종교의 창시자로 인지할 수 있었겠는가? 만일 파스칼이 그 당시 유대인으로 태어났다면 그 역시 다른 유대인들과 마찬가지 실수를 범했을 것이다. 다시 한번 말하거니와 신의 신비스러운 비밀을 꿰뚫으려 하지 말고 그저 경배하도록 하자.

13. (292) 예수그리스도의 첫번째 강림이 언제일지는 예고되었었고 재림 시기는 전혀 예고되지 않았다. 왜냐하면 첫 강림은 감춰져 있어야

만 했고, 재림은 그와 정반대로 눈부시게 찬란하고, 그의 원수들까지도 그를 인정하지 않을 수 없을 정도로 뚜렷해야 하기 때문이다.

예수그리스도의 재림 시기는 첫 강림 시기보다 더 분명하게 예고되었다. 파스칼 씨는 예수그리스도가 「누가복음」 제21장에서 다음과 같이 명백하게 말한 것을 잊어버린 듯하다. "너희가 예루살렘이 군대에 에워싸이는 것을 보거든 그 멸망이 가까운 줄을 알라… 예루살렘은 이방인들에게 밟히리라. 일월성신에는 징조가 있겠고 바다와 파도는 성난 소리로 인하여… 하늘의 권능들이 흔들리겠음이라. 그때에 사람들이 인자가 구름을 타고 능력과 큰 영광으로 오는 것을 보리라."*

여기서 재림을 분명하게 예언하지 않았는가? 물론 그 일은 아직 일어나지 않았지만 그에 대해 감히 신에게 묻는 것은 우리의 할 바가 아니다.

14. (319) 육적인 유대인은 구세주가 현세적인 위대한 왕이라고 믿었다. 육적인 기독교도들에 따르면 구세주는 우리들로 하여금 신을 사랑하는 것을 면제해주려고 왔으며, 우리의 참여 없이도 모든 것을 행하는 성사를 우리에게 전하러 왔다. 전자는 결코 올바른 유대교가 아니며 후자 역시 올바른 기독교가 아니다.

이 단상은 기독교적 고찰이라기보다 차라리 야유에 가깝다. 여기서

---

* 「누가복음」 21:20~27.

공격 대상은 예수회다. 하지만 실제로는 어떤 예수회교도도 예수그리스도가 우리들로 하여금 신을 사랑하는 것을 면제해주려고 왔다고 한 적이 없지 않은가? 지독한 증오와 무서운 불행을 불러왔던 다른 학문적 논쟁들과 마찬가지로 신의 사랑에 관한 논쟁 역시 순전히 말싸움이다.

이 단상에는 또하나의 오류가 있다. 메시아를 기다리는 것이 유대인에게 종교적 문제였다고 가정한 것이다. 하지만 실제로는 민족 사이에 퍼져 있던 위로의 사상에 불과했다. 유대인들은 구세주를 기대하고 있었다. 그러나 그것이 신앙의 한 조항은 아니었다. 그들의 종교는 모두 율법서에 명시되어 있었다. 그들은 결코 예언자를 이 율법을 만드는 사람으로 생각하지 않았다.

15. (305) 예언을 제대로 살피기 위해서는 먼저 그것을 해석해야 한다. 만일 예언이 오직 하나의 의미만을 가진다고 믿는다면 메시아는 아직 오지 않았다. 그러나 만일 예언이 중의적이라면 메시아는 오셨으며 그는 바로 예수그리스도다.

기독교는 진리 그 자체라서 모호한 증거 따위는 필요하지 않다. 그러므로 파스칼 씨의 위와 같은 생각은 이 신성하고 합리적인 종교의 토대를 흔들 위험이 있다. 그는 성서의 모든 구절이 두 가지 의미를 갖기를 원한다. 그러나 의심 많은 사람은 이렇게 반박할 것이다. "이중적 의미의 말을 하는 자는 다른 사람들을 속이려는 의도를 가지고 있고 이런 이중성은 반드시 법으로 처벌받는다. 사람의 경우에도 처벌받고 혐오의 대상이 되는 그 악덕을 어떻게 얼굴도 붉히지 않고 신에게 허용할 수 있단 말인가?" 만일 이교도의 신탁에 이중의 의미가 있다면 당신은 얼마나 분개하고 경멸할 것인가! 그러므로 차라리 예수그리스도에 관한 예언들도 다니엘이나 미가* 혹은 다른 예언자들의 예언과 마찬가지로 단 한 가지 의미밖에 없다고 말할 수는 없을까? 더 나아가 우리가 예언을 하나도 모르더라도 기독교는 여전히 확실한 것이라고 말할 수는 없을까?

16. (339) 육체로부터 정신에 이르는 무한한 거리는 정신으로부터 자비에 이르는 더욱 무한한 거리를 표상한다. 왜냐하면 자비는 초자연적이기 때문이다.

만일 파스칼 씨에게 충분한 시간이 있었더라면 이런 횡설수설은 하지 않았으리라고 생각한다.

17. (268) 무슨 일이건 제대로 볼 줄 아는 사람들에게는 명백한 약점들이 오히려 강점이 될 수 있다. 예컨대 성 마태와 성 누가의 복음서에 나오는 예수의 족보에는 상이점이 있다. 이로 미루어볼 때 이 둘이 서로 협의하지 않았다는 사실은 분명하다.

파스칼의 『팡세』의 편집자는 제시하는 것만으로도 종교에 해가 되

* 다니엘은 기원전 6세기 초 유대의 예언자. 구약성서의 「다니엘서」가 그의 저작이라고 하나 사실은 후대에 저술된 것이다. 미가는 기원전 9~8세기 남 왕국의 예언자. 「미가서」에 그의 행적이 기술되어 있다.

는 이런 생각을 굳이 인쇄해야 했을까? 기독교의 기본 사항인 이 족보들이 어떤 점에서 일치하는지 밝히지 않고 서로 모순된다는 것만 지적해서 어떡하겠다는 말인가? 독약을 주려면 해독제도 주어야 했다. 만일 어떤 변호사가 다음과 같이 말한다면 우리는 그를 어떻게 생각할까? "내 의뢰인은 모순되는 말을 하고 있습니다. 그러나 무슨 일이건 제대로 볼 줄 아는 사람들에게는 이 약점이 강점이 될 수 있습니다."

18. (260) 이제 더이상 우리에게 명료성이 부족하다고 비난하지 마시라. 우리는 그 점을 백분 인정한다. 그러나 이러한 기독교의 모호함, 우리가 그것에 대해 별로 알지 못하고 무관심하다는 사실은 역으로 기독교가 진실한 종교라는 것에 대한 증거가 될 수 있을 것이다.

정말이지 파스칼 씨는 이상한 것에서 진리의 증거를 찾는다! 그렇다면 거짓의 증거는 또 무엇이 있단 말인가! 뭐라고? 자신을 믿게 하기 위해서는 다음과 같이 말하기만 하면 된단 말인가? "내 말은 모호하다. 내 말은 불가해하다!" 이 같은 박식의 어둠보다는 신앙의 빛만을 제시하는 것이 나을 듯하다.

19. (275) 만일 종교가 하나밖에 없다면 신이 너무 분명히 드러날 것이다.

이게 무슨 소리람? 만일 종교가 하나밖에 없다면 신이 너무 분명히 드러난다니? 아! 당신이 모든 페이지에서 언젠가는 하나의 종교만 남을 거라고 말한 것을 잊었단 말인가? 그렇다면 당신 말마따나 신은 너무나 분명히 드러날 것이다.

20. (693) 나는 유대교가 이중 그 어느 것 속에도 존재하지 않고, 오로지 하느님에 대한 사랑 속에만 존재하며, 하느님께서는 그 밖의 다른 모든 것을 배척하셨다고 생각한다.

뭐라고? 하느님 스스로가 그렇게 공들여, 그리고 그렇게 자세히 유대인들에게 명령한 것을 모두 배척한다고?* 모세의 율법이 사랑과 경배로 이루어졌다는 것은 더이상 진실이 아니란 말인가? 모든 것을 하느님의 사랑으로 귀결시키는 태도는 하느님의 사랑이 아니라 오히려 얀센주의자들이 그들의 이웃인 몰리나교도들에게 품고 있는 증오와 비슷하게 느껴진다.**

21. (527) 전 생애를 통해서 가장 중요한 것은 직업의 선택인데, 우연이 이를 결정하고, 관습이 석공, 병사, 기와장이를 만든다.

우리가 우연과 관습이라고 부르는 것들이 아니라면 도대체 무엇이

---

* 『팡세』에서 이 구절 직전에 나오는 말은 다음과 같다. "유대교는 본질적으로 아브라함의 계보, 할례, 제사, 의식, 법궤, 성전, 예루살렘, 모세의 율법, 그리고 언약으로 성립되어 있는 것처럼 보인다."

** 이것은 성체배령 때의 마음가짐에 대한 예수회파와 얀센파 사이의 논쟁과 관련이 있다. 17세기, 예수회파는 그저 신의 징벌이 두려워서 회개하더라도 성체배령이 가능하다고 한 데 반해 얀센파는 신에 대한 사랑이 필수적이라고 주장했다.

병사, 석공, 그리고 여러 분야의 직공들의 직업을 정해주겠는가? 인간이 스스로 결정할 수 있는 직업은 천부적 재능을 필요로 하는 예술뿐이다. 그러나 누구나 할 수 있는 직업은 관습에 따라 정해지는 것이 지극히 당연하고 자연스럽다.

22. (80) 누구든 자신의 생각을 검토해보면 그것이 항상 과거와 미래에 몰두해 있음을 알게 될 것이다. 우리는 현재를 거의 생각하지 않는다. 설령 생각한다 하더라도, 단지 미래를 비출 빛을 발견하기 위해서다. 현재는 결코 우리의 목표가 아니다. 과거와 현재는 우리의 수단에 불과하며 미래만이 우리의 목표다.

우리를 끊임없이 미래로 이끌어가는 본능을 주신 데 대해 우리는 조물주에게 불평이 아니라 감사를 해야 한다. 인간에게 가장 소중한 보물은 희망이다. 희망은 우리의 슬픔을 달래주고 현재 누리는 기쁨을 통해 미래에 다가올 기쁨을 그려 보인다. 만일 인간이 현재밖에 생각할 수 없을 정도로 불행하다면 우리는 결코 씨앗을 뿌리지 않고, 집을 짓거나 나무를 심지 않으며, 미래에 대한 아무런 대비도 하지 않을 것이다. 이 경우, 현재 우리가 누리고 있는 모든 것은 허상이며 결핍일 뿐이다. 파스칼 씨 같은 지성적인 인간이 이처럼 상투적인 거짓부렁이를 말할 수 있단 말인가? 자연은 인간이 먹고, 아이를 만들고, 아름다운 소리를 듣고, 생각하고 느끼면서 현재를 즐기도록 설계하였고, 이와 동시에 미래에 대해 생각하도록 설계하였다. 만일 이 미래에 대한 고려가 없다면 인간은 오늘 당장 비참 속에서 죽어갈 것이다.

23. (168) 그러나 좀더 면밀하게 생각해보았을 때, 나는 사람들이 휴식을 멀리하고, 자기 자신을 대면하기를 꺼리는 것이 상당히 실제적인 이유에서 비롯된 것임을 깨달았다. 그 이유란 바로 우리가 연약하고 죽음을 피할 수 없는 존재라는 인간의 조건 그 자체다. 이것은 피할 수 없는 선천적 불행이며 너무도 비참한 조건이다. 따라서 어쩔 수 없이 그것에 대해 생각해야 할 때 그리고 우리가 우리 자신만을 바라보게 될 때면, 아무것도 우리를 위로할 수 없다.

자신만을 바라본다는 말은 아무런 의미가 없다.

전혀 행동하지 않고 자신만을 대면하는 인간이란 도대체 어떤 인간인가? 이런 사람은 백치이며 사회에 아무 쓸모가 없다. 게다가 아예 존재 자체가 불가능하다. 이 인간이 도대체 무엇을 바라본단 말인가? 자기 육체, 자기 발, 자기 손, 아니면 자기의 오감? 그는 완전한 백치거나 아니면 이런 기관을 모두 사용해야만 한다. 그럼 생각하는 능력에 대해 생각하는 건 어떤가? 하지만 생각하는 능력을 사용하지 않고는 그것에 대해 생각할 수 없다. 그러므로 인간은 아무것도 생각하지 않거나 이미 가지고 있는 생각에 대해 생각하거나 아니면 새로운 생각을 하는데, 이런 생각은 모두 외부에서 온 것이다. 그러므로 인간이 뭔가를 감각하거나 생각한다는 것은 자신의 외부를 바라본다는 뜻이다. 그리고 아무것도 생각하지 않는 인간은 백치다.

거듭 말하거니와 완전한 마비상태는 상상 속에만 존재할 뿐 인간의 본성상 불가능하다. 그런 생각은 언어도단이다. 더구나 그런 생각을 주장하다니, 정말이지 정신 나간 짓이다. 인간은 행동을 위해 태어났다. 그건 불길이 위로 치솟고, 돌이 아래로 떨어지는 것과 마찬가지로 당연한 일이다. 그러므로 인간에게 있어 아무것도 하지 않는다는 것은 다른 말로 하면 존재하지 않는다는 것이다. 그러므로 행위의 유무가 아니라 그 행위의 특징, 즉 그것이 온화한지, 격렬한지, 위험한지, 유용한지의 차이만이 있을 뿐이다.

24. (168) 인간에게는 바깥에서 일과 오락을 추구하는 은밀한 본능이 있는데, 이 본능은 인간이 끊임없이 자신의 비참한 처지를 통감하는 데서 비롯한다. 또, 인간에게는 인간 최초의 위대한 본능 하나가 아직도 남아 있는데, 이 또하나의 은밀한 본능은 행복이란 휴식 속에 있다는 것을 인간에게 가르쳐준다.

이 은밀한 본능은 사회의 제1원리인 동시에 필요불가결한 토대다. 그것은 신이 선의로 베푼 선물이며, 우리의 비침에 대한 통감이 아니라 행복의 도구다. 우리는 최초의 조상들이 지상낙원에서 무엇을 했는지 모른다. 그러나 만약 그들이 자기 자신밖에 생각하지 않았다면 인류의 존속은 위태로웠을 것이다. 그들은 완벽하게 행동할 수 있는 완전한 감각을 지니고 있었다. 그런데 오직 명상을 위해 그 완벽한 감각을 갖추었다고 하는 것은 말이 안 되지 않는가? 또, 생각하는 머리를 가진 사람들이 게으름을 위대함이라고 생각하고, 반대로 행동을 우리 본성의 타락이라고 생각하는 것은 우스꽝스럽지 않은가?

25. (168) 피로스*왕이 세계의 상당한 지역을 정복한 후 친구들과 휴식을 즐기겠다고 했을 때 키네아스**는 그처럼 피곤하게 행복을 찾으러 다니지 말고 지금 당장 휴식을 즐김으로써 행복을 앞당기라고 말했다. 그러나 이것은 받아들여지기 어려울 뿐만 아니라 젊은 야심가 피로스왕의 계획만큼이나 비합리적인 충고였다. 왜냐하면 이들 두 사람은 모두 인간이 헛된 희망으로 가슴의 공허를 채우지 않고 현재의 자신만으로, 그리고 현재 자신이 소유하고 있는 것만으로 만족할 수 있다고 가정했는데, 이는 틀린 생각이기 때문이다. 피로스는 세계를 정복하기 이전에도, 그리고 이후에도 결코 행복할 수 없었다.

키네아스의 사례는 부알로의 풍자시 속에서는 훌륭하지만 철학서에서는 그렇지 않다. 지혜로운 왕은 자기 나라에서 행복할 수 있다. 우리는 피로스를 미치광이로 생각하지만 그것이 다른 인간들에게도 똑같이 적용되지는 않는다.

26. (168) 인간이란 너무도 불행한 존재라서 권태로울 만한 아무런 외부적 이유가 없어도 인간 조건 그 자체만으로 권태로워한다는 것을 인정해야 한다.

그 점에서 인간은 오히려 행복하다. 우리는 조물주에게 감사해야 한다. 이웃과 우리 자신에게 유용한 일을 하도록 독려하기 위해 무위無爲

* 그리스 장군으로, 후에 에피루스의 왕이 되었다. 초기 로마의 가장 강력한 적수였다.

** 피로스왕의 친구.

와 권태를 연결시켜놓았다는 점에서.

27. (168) 불과 얼마 전에 외아들을 잃고, 재판과 싸움에 짓눌려 오늘 아침만 해도 너무 괴로워하던 사람이 어떻게 지금은 더이상 그 생각을 하지 않고 있는 것일까? 놀랄 것 없다. 그는 지금, 여섯 시간 전부터 사냥개들이 열심히 추적하고 있는 수사슴이 어디로 지나갈 것인지 살피는 데 온 정신이 팔려 있다. 아무리 슬픔으로 가득차 있는 사람이라도 그 정도면 충분하다. 어떻게 해서라도 그를 오락에 빠지게 하면 그는 그동안만큼은 행복해지는 것이다.

이 사람은 훌륭하게 행동했다. 기분전환은 고통에 대한 확실한 치료법이다. 열병에 키니네를 복용하는 것보다 더 확실하다. 자연은 언제나 우리를 도와줄 준비가 되어 있다. 그러니 결코 자연을 비난하지 말라.

28. (686) 수많은 사람이 쇠사슬에 묶여 있는 장면을 상상해보시라. 모두가 사형선고를 받고, 몇몇은 다른 사람들 면전에서 매일 참수를 당하고, 남은 자들은 동료의 운명에서 자신의 운명을 본다. 그리고 고통스럽게 서로를 바라보면서 희망도 없이 자기 차례를 기다리고 있다. 이것이 인간의 조건이다.

이 비유는 분명히 잘못되었다. 사슬에 묶여 차례차례 참수당하는 사람들은 불행하다. 왜냐하면 그들은 고통받을 뿐 아니라, 다른 사람들이 겪지 않는 고통까지도 느껴야 하기 때문이다. 인간의 자연적인 운명은 사슬에 묶이는 것도, 참수를 당하는 것도 아니다. 모든 인간은 동물이나 식물과 마찬가지로 일정 기간 성장하고, 일정 기간 살면서 번식한 다음 죽는다. 풍자시에서는 인간을 얼마든지 나쁜 쪽으로 그려 보일 수 있다. 그러나 조금이라도 이성이 있는 사람이라면 모든 동물 가운데 인간이 가장 완벽하고, 가장 행복하고, 또 가장 오래 사는 존재라고 인정할 것이다. 그러므로 인간의 불행과 인생의 짧음에 대해 놀라거나 한탄하지 말고 우리의 행복과 장수에 대해 경탄하고 축하해야 한다. 철학자로서 말하건대 인간이 본성적으로 현재보다 더 나아야 한다고 주장하는 것은 오만과 경솔의 소치다.

29. (690) 이교도들 가운데 유일신만이 있을 뿐이라고 말한 현자들은 박해를 당했다. 유대인들은 미움을 받았고, 기독교도들은 그보다 더 큰 미움을 받았다.

물론 이들은 때때로 박해를 받았고 이는 오늘날도 마찬가지다. 만일 어떤 사람이 기성 종교의 신이 아닌 다른 신을 경배하라고 가르친다면 그는 분명히 박해를 받을 것이다. 소크라테스가 사형선고를 받은 이유는 "신이 오직 한 분뿐이다"라고 말해서가 아니라 나라의 종교의식에 반대하고 권력자들을 쓸데없이 적으로 만들었기 때문이다. 유대인으로 말하자면 그들이 미움을 받은 이유는 유일신을 믿었기 때문이 아니라 다른 민족을 터무니없이 미워하고 전쟁에 진 적들을 무자비하게 학살한 야만인이기 때문이며, 미신적이고 무지한데다 예술도 모르고 상업도 모르는 야비한 민족인 주제에 자신들보다 문명이 뛰어난 민족을 경멸했기 때문이다. 또, 기독교도들이 이교도들의 증오를 산 이유는 그 나라의 종교와 제국을 무너뜨리려 했으며, 결국 그 목적을 이루었기 때문이다. 이것은 신교도들도 마찬가지인데 그들은 오랫동안 미움과 박해를 받고 학살을 당했지만 결국은 그 나라의 주인이 되었다.

30. (559) 몽테뉴의 잘못은 지대하다. 그가 쓴 글은 더럽고 파렴치한 말로 가득하며 아무 가치도 없다. 안락사와 죽음에 관한 그의 생각은 끔찍하다.

몽테뉴는 기독교도로서가 아니라 철학자로서 말한 것이다. 그는 안락사에 대한 찬성과 반대 의견을 함께 개진했다.* 철학자의 관점에서 본다면, 더이상 사회에 도움이 될 수 없어서 떠나는 사람이 그 사회에 무슨 해악을 끼친단 말인가? 몸에 결석이 생겨서 참을 수 없는 고통을 겪는 노인이 있다. 누군가가 그에게 이렇게 말한다. "수술을 받지 않으면 당신은 죽습니다. 수술을 받을 경우, 망령을 부리고 침을 질질 흘리겠지만 일 년쯤 더 살 수 있습니다. 물론 당신도 괴롭고, 다른 사람들에게 짐도 되겠지만 말입니다." 나는 이 노인이 남에게 짐이 되지 않는 쪽을 택하리라 생각한다. 이것이 아마 몽테뉴가 말하는 경우일 것이다.

31. (645) 예전의 철학자들이 알지 못했던 별들을 우리는 망원경을 통해 얼마나 많이 발견했던가? 성서에 별이 엄청나게 많이 있다고 되

* 몽테뉴, 『수상록』, 제2권, 제3장 「세아섬의 관습」.

어 있는 것에 대해 맹렬히 공격한 사람들이 있었다. 그들은 "우리는 별이 1022개*밖에 존재하지 않는다는 것을 알고 있다"고 말했다.

성서에 나타난 과학적 사실들은 세상의 통념을 따른다. 그래서 지구는 고정되어 있고 태양이 움직인다고 한 것이다. 성서에서 별이 수없이 많다고 한 것은 고도의 천문학적 지식을 따른 것이 아니라 단순히 당시의 통념 때문이다. 물론 육안으로 판별할 수 있는 별은 1022개뿐이다. 그러나 하늘을 한참 바라보고 있으면 눈이 부셔서 무수한 별이 보이는 듯하다. 성서는 이러한 통념을 따랐다. 성서의 목적은 우리를 물리학자로 만드는 것이 아니니까. 플램스티드**라는 영국인은 망원경으로 판별 가능한 7천 개가 넘는 항성의 목록을 만들었다. 그런데 하느님은 어느 날 이런 일이 일어나리라는 사실을 하박국***에게도, 바루크****에게도, 그리고 미가에게도 계시하지 않으신 듯하다.

32. (662) 고통과 쇠약 속에서 신음하면서도, 전능하고 영원한 신에게 도전하는 것이 죽어가는 사람의 용기일까?

---

* 프톨레마이오스의 목록에 따른 숫자.

** 존 플램스티드(1646~1719). 영국의 왕실 천문학자로, 플램스티드 항성목록을 만들었다.

*** '껴안은 자'라는 뜻으로 기원전 600년경 구약성서의 소선지서인 「하박국서」를 기록한 선지자.

**** 구약성서에 나오는 예언자 예레미야의 제자이자 구약 외경의 하나인 「바루크서」의 저자.

그런 일은 결코 일어나지 않았다. "나는 신을 믿는다, 그런데 나는 그에게 도전한다"고 말하는 것은 정신착란이 일어났을 때나 가능한 일이다.

33. (663) 나는 증인들이 죽음까지도 불사했던 역사라면 기꺼이 믿겠다.

수많은 광신자들이 믿음을 위해 죽었다. 그러므로 문제는 자기가 행한 증언을 뒷받침하기 위해 죽은 증인들을 믿느냐, 믿지 않느냐 하는 것만이 아니다. 그 외에도 우리는 더 알아야 할 것이 있다. 이 증인들이 정말로 그들의 증언을 위해 죽었느냐, 그들의 증언이 보존되어 있느냐, 그 증인들이 실제로 그곳에 살았느냐 등이다. 예수가 죽을 때쯤 태어난 요세푸스는 왜 그 모든 것에 대해 한마디도 언급하지 않았을까? 그는 헤롯왕의 적이었을 뿐 아니라 그다지 신실한 유대교인도 아니었는데 말이다. 파스칼 씨라면 이 의문을 제대로 해결할 수도 있었을 것이다. 아닌 게 아니라 그후 수많은 달변의 글쟁이가 이 일을 해냈다.

34. (117) 학문에는 양극단이 있으며 이것은 서로 맞닿아 있다. 한 극단은 인간들이 태어나면서 처하는 자연적인, 순수한 무지다. 또다른 극단은 위대한 사람들이 도달하는 무지다. 이들은 인간이 알 수 있는 모든 것을 섭렵한 후, 자기들이 아무것도 알지 못한다는 것을 인정하고 처음 출발했을 때와 같은 무지 상태로 되돌아온다.

이 생각은 순전히 궤변이다. 오류는 무지라는 단어를 두 개의 다른 의미로 사용하는 데서 비롯한다. 읽을 줄도 쓸 줄도 모르는 사람은 무지한 사람이다. 자연의 숨겨진 원리를 모르는 수학자는 물론 그 점에서는 무지하지만 그가 처음 글을 배울 때처럼 무지한 것은 아니다. 뉴턴 씨는 인간이 어떻게 자기 마음대로 팔을 움직이는지는 알지 못하지만 다른 부분에서는 매우 박식하다. 라틴어는 알지만 히브리어를 모르는 사람은 프랑스어만 아는 사람보다 훨씬 유식하다.

35. (165) 오락으로 얻는 즐거움은 행복이 아니다. 왜냐하면 그것은 다른 곳으로부터, 즉 외부로부터 오기 때문이다. 그 즐거움은 의존적이라서 고통을 야기하는 수많은 우연한 사건에 영향을 받는다.

즐거움을 누리는 사람은 어쨌든 당장은 행복하다. 그리고 즐거움은 외부로부터 올 수밖에 없다. 우리의 감각이나 사상은 외부의 대상들을 통해서만 가능하다. 우리가 다른 것으로부터 자양분을 섭취하여 우리 것으로 바꿔 몸을 유지하는 것과 마찬가지다.

36. (452) 극도의 재기才氣는 극도의 결핍과 마찬가지로 광기라는 비난을 받는다. 평범한 것만이 좋은 것이다.

우리가 광기라고 비난하는 것은 극도의 재기가 아니라 극도의 재기 발랄함과 다변이다. 극도의 재기는 극도의 적확성, 극도의 섬세함, 극도의 박식함이다. 이것들은 광기와는 정반대다.

극단적인 재기의 결여는 사고능력의 결여, 생각의 완전한 결여이며 이것은 광기가 아니라 우둔함이다. 광기란 뇌기관의 착란으로 인하여 여러 대상을 너무 빨리 보거나 한 가지만을 너무 골똘히 과격하게 생각하는 것이다. 일반적으로 좋다고 간주되는 것은 그냥 단순한 평범함이 아니라 이 두 극단으로부터 적당한 거리를 두는 중용이다.

37. (445) 우리 인간의 조건이 진정으로 행복하다면 그것에 대해 생각하지 않으려고 다른 데로 생각을 돌릴 필요가 없을 것이다.

우리의 조건은 바로 우리와 필연적 관계를 맺고 있는 외적 대상에 대해 생각하는 것이다. 우리의 생각을 인간 조건으로부터 딴 데로 돌릴 수 있다는 것은 틀렸다. 왜냐하면 우리가 뭔가를 생각한다는 것은 곧 인간 조건과 관계 있는 무엇인가를 생각하는 것이기 때문이다. 거듭 말하거니와 자연의 여러 사물을 완전히 제외하고 순전히 자기 자신에 대해서만 생각한다는 것은 아무것도 생각하지 않는 것이다. 우리는 이를 유념해야 한다.

문제는 인간의 조건에 대해 생각하지 못하게 하는 것이 아니라 인간의 조건 중 좋은 것만 생각하도록 한다는 데 있다. 그리하여 학자에게는 명성과 학문에 대해 말하고, 군주에게는 그의 위대함에 대해 말하고, 인간 모두에게는 즐거움만을 얘기한다.

38. (583) 지위가 높고 낮음을 막론하고 모두들 같은 사고事故, 같은 슬픔, 같은 정념을 경험한다. 그러나 지위가 높은 자는 바퀴 위쪽에 있

고 지위가 낮은 자는 바퀴 중심 가까이에 있다. 따라서 후자는 동일한 변화 속에서도 요동이 덜하다.

지위가 낮은 자들이 높은 자들보다 요동이 덜하다는 말은 틀렸다. 실제로는 정반대로, 그들의 절망이 더욱 심하다. 완화할 수단이 없기 때문이다. 런던에서 자살한 사람 백 명 중 아흔아홉이 하층민이며, 높은 신분을 가진 사람은 한 사람밖에 안 된다. 바퀴의 비유는 기발하지만 틀렸다.

39. (643) 신사가 되는 법은 배울 수 없지만 그것 빼고는 무엇이든 배울 수 있다. 그럼에도 인간은 다른 무엇보다도 신사임을 자랑한다. 말하자면 유일하게 배울 수 없는 한 가지를 안다고 뽐내는 것이다.

인간은 교육을 통해 신사가 된다. 만일 그렇지 않다면 신사가 될 사람은 거의 없을 것이다. 당신 아들이 어릴 때 손에 닿는 모든 것을 갖도록 내버려두라. 그러면 그는 15세에 노상강도가 될 것이다. 거짓말을 칭찬해보라. 그러면 그는 위증하는 사람이 될 것이다. 그의 정욕을 만족시켜라. 그러면 그는 난봉꾼이 될 것이다. 미덕, 종교 등 모든 것은 교육을 통해 습득된다.

40. (644) 자기 자신을 그린다는 몽테뉴의 그 어리석은 계획이라니! 누구나 실수를 저지를 수 있기 때문에, 자기도 모르게 자신의 원칙에 어긋나게 그린다면 모르되 자신의 원칙에 따라서, 또 처음부터 계획적

으로 그렇게 하다니! 우연과 나약함 때문에 어리석은 소리를 하는 것은 흔히 있는 실수지만 의도적으로 그런 이야기를 한다는 것은, 더구나 그 정도까지 나아가는 것은 참을 수 없다.

자신을 있는 그대로 그린다는 몽테뉴의 계획은 얼마나 매력적인가! 인간 본성을 그렸으니 말이다. 이에 반해 몽테뉴를 비난한 니콜, 말브랑슈, 파스칼의 계획은 얼마나 초라한가!*

41. (615) 병을 낫게 할 치료법이 있다고 떠드는 온갖 사기꾼들의 손에 목숨을 맡길 만큼 사람들이 사기꾼들을 신뢰하는 이유가 무엇인지 곰곰 생각해본 결과, 나는 그 진정한 이유는 진짜 치료법이 존재하기 때문이라고 생각하게 되었다. 왜냐하면 만약 진짜 치료법이 없다면 그렇게 많은 가짜 치료법이 존재하지도, 또 사람들이 그렇게 쉽게 믿지도 않을 테니 말이다. 만일 진짜 치료법이 없고 어떤 병도 치료할 수 없다면, 아무도 치료법이 있다고 주장할 생각을 못했을 테고 치료법이 있다고 허풍을 떠는 사람들의 말을 다수의 사람들이 믿는 것은 더더욱 불가능했을 것이다. 만약에 어떤 사람이 죽음을 막을 수 있다고 허풍을 떤다면 아무도 그 말을 믿지 않을 것이다. 왜냐하면 그러한 사례는 한 번도 없었기 때문이다. 그러나 세상에는 박식하고 훌륭한 인물들이 진짜라고 판명한 치료법들이 많기 때문에 사람들은 그것을 믿게 되어버렸다. 특수한 현상들 몇 가지가 정말로 존재할 경우, 그것들은 전반적

* 앙투안 아르노와 피에르 니콜의 『포르루아얄의 논리학』, 니콜라 말브랑슈의 『진리의 탐구』 참조.

으로 부정될 수 없다. 그러므로 이 특수한 현상 가운데서 어떤 것이 진짜인지를 구분하지 못하는 민중은 그 현상을 모두 믿어버린다. 마찬가지로 달의 영향이라고 알려진 많은 현상 중에는 바다의 조류처럼 진짜로 달의 영향을 받는 현상도 존재하기 때문에 사람들은 달과 관계없는 수많은 현상을 달의 영향이라고 쉽게 믿는다.

따라서 그처럼 많은 거짓 기적, 거짓 계시, 마법 등이 존재하는 이유는 틀림없이 진실한 기적이나 계시가 존재하기 때문일 것이다.

인간이 과오를 저지른다고 해서 반드시 진실의 존재를 상정할 필요는 없다. 달과 바다의 조수 사이에 관계가 있음을 알기 전에 사람들은 달의 영향에 대한 수많은 황당무계한 가설들을 진짜라고 믿었다. 병에 걸린 최초의 인간은 최초의 돌팔이 의사의 말을 철석같이 믿었다. 늑대인간이나 마법사를 본 사람은 아무도 없었지만 많은 사람이 그 존재를 믿었다. 금속의 성질이 변하는 것을 본 사람 역시 아무도 없었지만 많은 사람이 연금술의 화금석을 믿었고, 그 때문에 파산했다. 로마인과 그리스인을 비롯한 이교도들은 수많은 거짓 기적을 믿었다. 그 이유가 그들이 진짜 기적을 목도했기 때문이란 말인가?

42. (576) 배를 타고 있는 사람들을 판단하는 것은 항구다. 그러나 윤리에서는 어디에서 항구를 찾을 것인가?*

---

* 파스칼은 이 구절 바로 앞에서 배를 타고 있는 사람들은 항구에 있는 사람들이 뒤로 도망치고 있다고 생각하지만, 항구는 고정점이기 때문에 항구의 존재가 배를 탄 사람들이 틀렸다는 것을 증명해준다고 했다. 그러므로 여기서 항구란 기준점을 말한다.

그 답은 모든 민족이 인정하는 다음과 같은 격언에서 찾을 수 있다.

"당신이 남들로부터 받고 싶지 않은 대접은 당신도 남들에게 행하지 말라."

43. (63) "전쟁이 없는 삶을 믿지 않는 난폭한 민족",* 그들은 평화보다 차라리 죽음을 원한다. 다른 민족들은 전쟁보다 차라리 죽음을 원한다. 생명에 대한 사랑이 매우 강하고 자연스러움에도 사람들은 때로 사상이나 신념을 그보다 더 중요하게 생각한다.

타키투스는 카탈루냐 사람들에 대해 그렇게 말했다. 그러나 어떤 민족에 대해 "그들은 전쟁보다 차라리 죽음을 원한다"고 말한 사람은 없고, 또한 그런 민족은 존재하지도 않는다.

44. (669) 지혜로운 사람 눈에는 독창적인 인물들이 보이고 지혜가 많아질수록 점점 더 많이 보인다. 평범한 사람들은 사람들 사이의 차이를 알아보지 못한다.

정말로 독창적인 사람은 별로 없다. 거의 모든 사람이 관습과 교육

---

* Ferox gens nullam esse vitam sine armis putat. (티투스 리비우스, 『로마건국사』, 제1권, 34장) 파스칼은 이 구절을 몽테뉴의 『수상록』 제1권 14장에서 재인용한 것으로 보인다. 이 장에서 몽테뉴는 다음과 같이 말했다. "사상은 매우 힘이 세서 때로 사람들은 사상 때문에 목숨을 버리기도 한다."

에 따라 처신하고, 생각하고, 느낀다. 새로운 길을 개척하는 정신은 매우 드물다. 그러나 무리 지어 걸어가는 사람들끼리도 걸음이 서로 조금씩 다른데, 예리한 눈은 그 차이를 알아본다.

45. (669) 두 종류의 정신이 존재한다. 하나는 여러 원리의 다양한 결과를 논리적으로 빠르고 깊이 있게 파고드는 정확성의 정신이다. 또 하나는 다수의 원리를 혼동하지 않고 제대로 이해하는 기하학의 정신이다.

요즘은 체계적이고 논리적인 정신을 기하학적 정신이라 부르는 듯하다.

46. (170) 죽음의 위험이 없을 때 죽음을 생각하기보다는 차라리 아예 죽음에 대해 생각하지 않고 죽음을 맞이하는 편이 견디기 쉽다.

인간이 죽음에 대해 전혀 생각하지 않고 있는데 어떻게 죽음을 쉽게 견디느니, 잘 못 견디느니 하는 말을 할 수 있는가? 아무것도 느끼지 않는 자는 아무것도 견디지 않는 것이다.

47. (141) 우리는 우리에게 제시되는 사물들을 모두들 같은 방식으로 인식하고 느낀다고 가정한다. 그러나 이것은 전혀 근거 없는 가정이다. 왜냐하면 우리는 그에 대한 아무런 증거도 가지고 있지 않기 때문이다. 물론 사람들은 동일한 상황에 대해 동일한 어휘를 쓴다. 예컨대

두 사람이 눈을 보았을 때, 그들은 매번 '희다'고 말하면서 같은 대상을 같은 말로 표현한다. 이처럼 동일한 표현을 쓴다는 사실에 의거하여 사람들은 그 사람들의 생각도 같으리라고 추측한다. 이는 상당히 그럴듯한 가정이지만 결코 절대적 확신을 주지는 못한다.

여기서 흰색을 사례로 든 것은 문제가 있다. 흰색은 모든 빛이 합쳐진 색이어서 누구에게나 번쩍번쩍 빛나 보이고, 한참 바라보고 있으면 마침내 눈이 부시게 되는 까닭에 모두의 눈에 같은 효과를 낸다. 그러나 흰색이 아닌 다른 색은 모든 눈에 동일하게 감지된다고 말할 수 없을 것이다.

48. (455) 우리들의 모든 추론은 결국 감정에 굴복한다.

취향의 문제의 경우, 추론은 감정에 굴복한다. 그러나 과학적 문제에서는 결코 그렇지 않다.

49. (457) 규칙에 따라 작품을 판단하는 사람들이 다른 사람들을 대하는 것은 시계를 가진 사람이 시계가 없는 사람들을 대하는 것과 같다. 한 사람이 말한다. "우리가 여기 온 지 두 시간이 지났습니다." 또다른 사람이 말한다. "45분밖에 지나지 않았는데요." 나는 시계를 본 다음, 앞의 사람에게 말한다. "지겨우신 모양이군요." 뒤의 사람에게는 이렇게 말한다. "시간이 금방 가는 것처럼 느껴지시나봅니다."*

음악이나 시나 그림과 같이 취향과 관계있는 분야에서는 취향이 시계의 역할을 한다. 따라서 이러한 작품을 규칙만으로 판단하는 것은 잘못이다.

50. (82) 내 생각에 카이사르는 세계 정복을 즐기기에는 너무 늙었다. 그런 즐거움은 알렉산드로스에게 적합한 것이었다. 알렉산드로스는 말리기 어려운 젊은이였다. 그러나 카이사르는 보다 원숙했다.

보통 우리는 알렉산드로스와 카이사르가 세계를 정복할 목적으로 고향을 떠났다고 생각하지만 사실은 전혀 그렇지 않다. 알렉산드로스는 필리포스로부터 그리스 장군직을 계승했으며 또한 그리스인들이 페르시아 왕에게 당한 모욕을 복수한다는 대의명분을 물려받았다. 그는 그리스인 전체의 공동의 적을 물리치고 인도까지 정복해나갔다. 다리우스왕의 왕국이 인도까지 뻗어 있었기 때문이다. 그와 마찬가지로 빌라르 원수가 없었다면 말버러 공작 역시 거침없이 리옹까지 진격해왔을 것이다.

카이사르로 말하자면 공화국의 우두머리 중 한 명으로 다른 우두머리인 폼페이우스와 불화했다. 얀센주의자들이 몰리나교도들과 불화한 것처럼 말이다. 결국 이 두 장군은 서로를 섬멸하려 들었다. 단 한 번의 싸움에서 모든 것이 결판났는데, 이 전투의 전사자는 만 명을 넘지 않

---

* 이 단상은 다음과 같이 계속된다. "왜냐하면 한 시간 반이 지났으니까요." — 그리고 나는 내게 시간이 길다고 생각한다거나 일시적인 기분에 의해 판단한다고 이야기하는 사람들을 비웃는다.

았다.

게다가 파스칼 씨의 생각은 다른 면에서 보아도 틀린 듯하다. 그 많은 음모를 헤치고 나아가려면 카이사르의 원숙함이 필요했다. 또한 알렉산드로스가 그 나이에 쾌락을 포기하고 그 힘든 전쟁을 치른 것은 매우 놀라운 일이다.

51. (647) 생각하면 재미있는 것은 하느님과 자연의 모든 법을 저버리고 스스로 법을 만들어서 그 법을 깍듯이 섬기는 사람들이 있다는 사실이다. 예컨대 도둑 등과 같은 사람들 말이다.

이는 생각하면 재미있는 것이 아니라 생각하는 것이 유익하다. 모종의 규칙 없이는 어떠한 인간 사회든지 간에 단 하루도 존속할 수 없음을 증명해주기 때문이다.

52. (557) 인간은 천사도 아니고 짐승도 아니다. 그런데 불행한 일은 천사가 되고 싶어하던 사람이 짐승이 되어버리는 것이다.

정념을 규제하는 게 아니라 완전히 없애버리려고 하는 사람은 천사가 되려는 사람이다.

53. (564) 말은 동료들의 감탄을 사기 위해 노력하지 않는다. 물론 그들도 달릴 때면 서로 경쟁하지만 그뿐이다. 마구간으로 돌아오면 가장 둔중하고 못생긴 말이라도 자기 먹이를 다른 말에게 결코 양보하지

않는다. 인간들 사이는 그렇지 않다. 인간의 미덕은 스스로 충족되지 않는다. 다른 사람보다 자기가 더 우월하지 않으면 결코 만족하지 못한다.

가장 못난 사람 역시 자기 빵을 남에게 양보하지 않는다. 힘센 자가 약한 자의 빵을 빼앗아갈 뿐이다. 동물이나 사람이나 모두 약육강식이다.

54. (230) 인간이 스스로를 연구하기 시작한다면 자기 자신을 초월하기가 얼마나 어려운지 알게 될 것이다. 부분이 전체를 아는 일이 어떻게 가능하겠는가? 인간은 최소한 자신과 직접 관계가 있는 부분이라도 알고 싶어할 것이다. 그러나 세계의 모든 부분은 서로 밀접히 얽혀 있어서 하나 없이는 다른 하나를 알 수 없고, 따라서 전체를 모르면 하나도 알 수가 없다.

전체를 알 수 없다고 해서 자신에게 유용한 것에 대한 탐구를 포기해서는 안 된다.

> 너는 린케우스만큼 멀리 볼 수 있다고는 말할 수 없을 것이다. 하지만 그렇다고 해서 눈병이 났을 때 연고를 바르지 않을 이유는 없다.*

---

* 호라티우스, 「서한시」 I, i, 28~29. 'Lynceus'는 아르고호의 선원인 메세니아 사람. 날카로운 투시안으로 파수꾼 역할을 했다.

우리는 진리를 많이 알고 있고, 유익한 발명도 수없이 했다. 거미와 토성의 환 사이에 어떤 관계가 있는지 모른다고 해서 너무 비관하지 말고 우리 능력에 합당한 것을 계속 연구해나가자.

55. (631) 만일 벼락이 낮은 곳에 떨어진다면 시인들, 그리고 시와 같은 성격의 사물들에 관해서밖에 추론할 줄 모르는 사람들은 아마도 증거가 없다고 말할 것이다.

비유는 시에서도 산문에서도 증거로 쓰일 수 없는데, 시에서는 글을 아름답게 만들고, 산문에서는 뜻을 분명히 하며 내용을 보다 잘 와닿게 해준다. 높은 양반들의 불행을 산에 떨어지는 벼락에 비유한 시인들은 만약 그 반대의 경우가 생기면 정반대의 비유를 만들 것이다.

56. (230) 이러한 정신과 육체의 구성 때문에 대부분의 철학자는 관념과 사물을 혼동했다. 또한 정신에 속한 것을 육체에, 육체에 적합한 것을 정신에 부여했다.

만일 우리가 정신이 무엇인지 안다면, 철학자들이 정신에 속하지 않는 것을 정신에 부여했다고 한탄할 수 있을지 모른다. 그러나 우리는 정신은 물론, 육체조차 알지 못한다. 정신에 대해서는 전혀 모르고 있으며 육체에 대해서도 매우 불완전한 관념만 가지고 있다. 그러므로 우리는 정신과 육체의 경계가 어딘지 모른다.

57. (486) 시적 아름다움이라는 말이 있으면 기하학적 아름다움이나 의학적 아름다움이라는 말도 있을 수 있다. 그러나 우리는 그렇게 말하지 않는다. 그 이유는 우리가 기하학의 대상과 의학의 대상은 잘 알고 있는 데 반해 시의 대상인 즐거움은 무엇인지 모르기 때문이다. 우리는 모방해야 할 자연적 전범이 무엇인지 알지 못한다. 그래서 황금시대, 현대의 불가사의, 숙명의 월계수, 아름다운 천체 같은 이상한 말을 만들어내고는 그것을 시적 아름다움이라고 부른다. 만약 이러한 전범에 따라 옷을 입은 여성이 실제로 있다면 그녀는 온통 거울 조각과 놋쇠 사슬로 몸을 휘감은 우스꽝스러운 모습일 것이다.

이는 매우 틀린 말이다. 우리는 기하학적 아름다움이나 의학적 아름다움이라는 말을 써서는 안 된다. 왜냐하면 기하학의 정리나 의학의 하제는 감각의 즐거움과는 관계없기 때문이다. 또한 우리는 아름다움이라는 말을 음악, 그림, 웅변, 시, 균형 잡힌 건축물과 같이 감각을 매혹하는 대상에만 사용하기 때문이다.

파스칼 씨가 제시한 이유 역시 틀렸다. 우리는 시의 목적이 무엇인지 잘 알고 있다. 바로 대상을 힘있게, 명료하게, 섬세하게, 그리고 조화롭게 그려내는 것이다. 시란 조화로운 웅변이다. 숙명의 월계수, 아름다운 천체, 그리고 그 비슷한 우스꽝스러운 표현들을 시적 아름다움이라고 말하는 것을 보니 파스칼 씨의 취향은 별로 고상하지 않은 듯하다. 이 저명한 저자에게 전혀 어울리지 않는 이런 생각들을 그대로 출판하다니 『팡세』의 편집자들도 문예에는 별로 조예가 없음이 틀림없다.

파스칼 씨의 『팡세』에 대해서는 지적할 거리가 아직 많이 남았지만 너무 논의가 길어질 듯해 당신에게 보내지는 않겠다. 파스칼 씨 같은 대천재의 저술 속에서 부주의로 인한 몇몇 오류를 찾아낸 것만으로도 충분하다. 위대한 사람들도 평범한 사람들과 마찬가지로 오류를 범할 수 있다는 사실은 나처럼 우둔한 사람에게 큰 위안이 된다.

영국으로 추방된 젊은 프랑스 철학자의 편지

볼테르는 18세기 유럽 지성계에서 일종의 제왕과도 같은 지위를 누린 대표적인 계몽사상가다. 먼저 그는 어느 누구보다도 18세기적 인물이다. 1694년에 태어나 1778년에 사망한 그의 활동 시기는 18세기를 관통하는 것이었으며, 활동영역 또한 어느 하나로 규정될 수 없는 대단히 폭넓은 것이었다. 볼테르는 시인, 극작가, 비평가, 철학자였을 뿐만 아니라 역사가이자 현실 문제에도 적극적으로 참여하는 행동하는 지식인으로서, 말년에 프랑스 국민들에게 위대한 현자 대접을 받았다. 1778년, 오랜 추방 끝에 마침내 그가 파리로 돌아왔을 때 파리 시민들은 그를 개선장군처럼 열렬히 환영했으며, 프랑스대혁명 시기에 그의 유해는 팡테옹에 안치되었다.

그러나 18세기 초, 30대 초반의 젊은 볼테르는 아직 귀족의 멸시를 받는 이름 없는 평민에 불과했다. 『철학편지』의 집필 배경에는 이러한 불합리한 신분제도가 있었다.

『철학편지』의 집필과 출간에 대하여

볼테르의 『철학편지』의 원제목은 『영국에 관한 편지』다. 볼테르는 1726년 5월부터 1728년 10월, 혹은 11월까지 영국에 머물렀는데 『영국에 관한 편지』는 이 영국 체류에서 얻어진 결과물이다. 그렇다면 볼테르는 왜 영국에 가게 되었을까? 그것은 프랑스 대귀족 가문의 자제와 볼테르 사이의 다툼 때문이다.

1726년 1월 어느 날 밤, 코메디 프랑세즈에서 로앙 공작의 아들인 슈발리에 드 로앙 샤보는 당시 신진 작가로 상당한 주가를 올리고 있던 볼테르에게 이렇게 물었다. "볼테르 씨, 아니 아루에 씬가, 당신 이름이 뭐요?" 그러자 볼테르가 대답했다. "볼테르요. 내 이름은 나로부터 시작되지만 당신 이름은 당신으로 끝날 거요."

이 일이 있은 지 며칠 후, 쉴리 공작 저택에서 저녁식사를 하고 있던 볼테르에게 전갈이 왔다. 볼테르가 밖으로 나오자 기다리고 있던 무뢰배들이 달려들어 그에게 몽둥이질을 했다. 슈발리에 드 로앙 샤보가 하인들을 시켜 그를 공격한 것이다. 볼테르가 얻어맞는 동안 로앙 샤보는 마차 안에서 이를 지켜보았다. 얻어맞은데다 멸시까지 당한 볼테르는 분기탱천해 경찰서에 신고하려 했으나 집주인이던 쉴리 공작은 증인이 되어주기를 거부했다. 볼테르의 여러 귀족 친구들 역시 볼테르를 도와주지 않았다.

결국 볼테르는 로앙 샤보에게 결투를 신청했지만 대귀족인 로앙 집안의 자제가 이름 없는 평민인 볼테르의 결투 신청을 받아줄 리 만무했다. 그러나 볼테르는 이에 굴하지 않고 사격, 펜싱 등을 연습하면서 명예회복을 공언했다. 이를 성가시게 여긴 로앙 집안에서는 루이 15세를 움직여 비밀 영장을 받아냈고, 결국 볼테르는 4월 17일 바스티유 감옥에 수감되었다. 볼테르는 영향력 있는 친구들에게 부탁하는 등 모든 수단을 동원해 탄원했고, 그 결과 영국으로 간다는 조건으로 석방되어 같은 해 5월 초, 영국으로 떠나게 되었다.

영국에 도착한 볼테르는 영어를 배우기 시작해 그해 10월에는 벌써 그럭저럭 영어로 편지를 쓸 수 있었고, 이듬해 말에는 영어로 논문을 쓸 수 있는 수준에 이르렀다. 원래 에너지가 많고 부지런한 볼테르는 영국 체류 동안 많은 사람들을 만나 인맥을 쌓는 동시에 영국의 종교, 정치, 문화 등 영국 사회 전반에 관한 많은 정보를 수집했다. 이는 점차 영국에 관한 책을 쓰려는 계획으로 발전되는데, 볼테르의 편지 등에 의하면 1728년 초쯤에는 『영국에 관한 편지』의 초안이 잡혀 있었으며 영문학에 관한 몇몇 편지는 프랑스로 돌아가기 전에 이미 집필이 상당 부분 끝나 있었던 것으로 보인다.

약 3년간의 영국 체류 후 프랑스로 돌아온 볼테르는 프랑스 북부의 디에프에 몇 달 머물다가 3월부터 파리 근교의 생제르맹 앙 레에 숨어 살면서 복권 투기사업을 했다. 이것으로 한재산을 모은 그는 파리 시내로 들어왔으나 한 곳에 정착하지 못하고 친구들 집과 여관을 전전했다. 그가 영국으로 갈 때 내려진 추방령에 의하면, 파리 기준으로 반경 약

200킬로미터 이내에 들어올 수 없었기 때문이다.

이러한 불안정한 생활 속에서도 『영국에 관한 편지』의 집필을 계속해 1733년 8월, 마침내 영어로 된 『영국에 관한 편지』가 런던에서 출간되었다. 이 작품은 프랑스어 텍스트의 단순한 번역이 아니라 상당 부분이 볼테르 자신에 의해 영어로 직접 집필되었으며, 이후에 나온 프랑스어판과 상당한 차이를 보이는 부분도 있다. 무엇보다도 이 영어판에는 파스칼의 『팡세』에 대한 볼테르의 비판인 '편지25'가 포함되어 있지 않은데 이는 9월에 런던에서 출간된 최초의 프랑스어판 『영국에 관한 편지』도 마찬가지다.

18세기 초반, 프랑스에는 엄격한 검열제도가 있었다. 볼테르는 『철학편지』가 정식 출판 허가를 받지 못할 것을 알고 있었기 때문에 묵시적 출판허가라도 받으려고 여기저기에 줄을 댔다. 묵시적 허가란 공식적인 허가는 못 주지만 프랑스 국외 등에서 인쇄되어 비밀리에 유통될 경우, 못 본 척해주겠다는 검열 당국의 묵시적 약속이었다. 이때 『철학편지』에서 가장 문제가 된 부분은 로크에 관한 부분이었다. 볼테르는 이 편지를 여러 번 고쳐썼고 프랑스에서 인쇄될 최초의 『철학편지』의 인쇄를 계속 늦추며 눈치를 살폈다. 그러나 이러한 노력에도 불구하고 1734년 4월 중순, 루앙에서 『철학편지』가 출간되자 곧 비밀체포영장이 발부되었으며 볼테르는 파리에서 약 250킬로미터 떨어진 로렌 지방으로 도망쳐야 했다. 결국 『철학편지』는 추방의 산물인 동시에 새로운 추방을 초래한 작품이었다. 추방으로 점철된, 그럼에도 결코 비판을 멈추지 않은 볼테르의 전 생애의 요약판과도 같은 작품이라 할 수 있다.

볼테르의 생애, 추방으로 점철된 삶

본명이 프랑수아마리 아루에François-Marie Arouet인 볼테르는 1694년 11월 21일(볼테르 자신은 자기 생일이 2월 20일이라고 주장함) 파리의 공증인인 프랑수아 아루에의 막내아들로 태어났다. 1711년 아버지의 뜻에 따라 법률 공부를 시작했지만 곧 그만두고 사교계에 드나들며 시를 쓰기 시작했다. 1717년, 섭정 오를레앙 공작에 대해 쓴 시구 때문에 11개월 동안 바스티유 감옥에 투옥되었다. 감옥에서 집필된 그의 첫 비극 「오이디푸스」는 1718년 11월, 코메디 프랑세즈 초연에서 대성공을 거두었다. 그가 볼테르라는 필명을 처음 쓴 것도 바로 이 작품에서인데 이 이름은 앞에서 언급한 바와 같이 1726년 슈발리에 드 로앙 샤보와의 말다툼에 빌미를 제공했으며, 이 때문에 볼테르는 영국으로 추방되었다.

1734년, 『철학편지』 때문에 다시 한번 파리에서 피신한 볼테르는 애인인 샤틀레 부인과 함께 그녀 소유의 시레성에서 약 10년간 은거하며 집필활동을 했다. 물리학자이자 수학자인 샤틀레 부인은 볼테르에게 물리학과 수학을 가르쳐주었고, 볼테르는 그녀에게 영어를 가르쳤다. 1745년, 볼테르는 궁정의 실세인 퐁파두르 부인의 주선으로 왕실 사료 편찬관으로 임명되었고, 1746년에는 오랫동안 소원해왔던 아카데미 프랑세즈의 회원으로 선출되었다.

그러나 풍자를 즐기는 볼테르의 자유분방한 성격 때문에 애써 얻은 궁정의 지위는 다시 위태로워졌다. 게다가 1749년에는 그의 애인이자 친구인 샤틀레 부인이 젊은 애인 생 랑베르와의 사이에서 딸을 낳고 곧바로 출산 후유증으로 사망해 더이상 프랑스에 머물 이유가 없어졌다. 1750년, 볼테르는 프로이센의 프리드리히 2세의 초청을 받아들여 포츠담으로 갔다. 볼테르는 이곳에서 역사서 『루이 14세 시대』(1751)와 콩트 『미크로메가스』(1752)를 썼다. 그러나 격식에 얽매이지 않는 자유로운 그의 품성은 애초에 절대군주와 궁합이 맞지 않았다. 우여곡절 끝에 그는 1753년 프로이센을 떠났다. 그러나 파리로 돌아갈 수가 없어서 제네바 근처의 저택을 사 델리스Délices(환희)라는 이름을 붙였으며, 1755년 3월부터 그곳에 머물렀다. 1758년, 볼테르는 스위스 국경 근처에 있는 프랑스 영토인 페르네에 영지를 사서 2년 후 이사했으며 이후 20년 동안 이곳에서 농사를 짓고 주민들을 돌보며 생활했다. 볼테르의 지혜로운 경영 덕에 이 마을은 활기가 넘치는 인구 천 명의 큰 마을로 발전했으며 사람들은 볼테르를 '페르네의 영주'라고 불렀다.

그는 페르네에서 『풍습론』(1756), 『캉디드 혹은 낙관주의』(1759), 『관용론』(1763), 『철학사전』(1764) 같은 대표작들을 썼다. 그뿐만 아니라 프로테스탄트에 대한 편견 때문에 부당하게 사형당한 장 칼라스Jean Calas를 위해 사법체계 전체와 싸움을 벌여 1765년 그의 복권을 이루어냈다. 또한 1771년에는 또 한 명의 프로테스탄트인 피에르폴 시르뱅Pierre-Paul Sirven이 무죄 판결을 받는 데 결정적인 역할을 했다.

1778년 2월 10일, 볼테르는 파리를 떠난 지 약 28년 만에 비극 「이렌」의 상연을 위해 파리로 돌아왔다. 파리 시민들은 그를 열렬히 환영했다. 그를 위한 행사가 연일 열렸고, 그를 만나려는 방문객이 줄을 이었다. 그의 마지막 비극 작품인 「이렌」은 코메디 프랑세즈에서 엄청난 성공을 거두었다. 그러나 그는 그로 인한 흥분과 무리한 활동 때문에 건강을 해쳐 1778년 5월 30일 파리에서 사망했다.

『철학편지』의 내용

볼테르의 『철학편지』는 영국에 대한 단순한 소개서가 아니다. 그렇다고 해서 체계적인 철학서도 아니다. 이 책은 그 원제목이 말하듯 총 25개의 편지 중 24개가 영국에 대한 것이며, 맨 마지막 스물다섯번째 편지만이 영국과는 전혀 관계없는 파스칼의 『팡세』에 대한 비판이다. 먼저 영국에 관한 24개의 편지의 주제는 크게 나누어 6가지로 대별된다. 제일 먼저 제시된 주제는 종교이며(편지 1~7), 두번째는 정치(편지 8, 9), 세번째는 경제(편지 10), 네번째는 예방접종(편지 11), 다섯번째는 유명한 영국인들, 즉 베이컨과 로크, 그리고 뉴턴에 대한 소개이며(편지 12~17), 마지막으로는(편지 18~24) 영국문학과 아카데미를 다루고 있다.

이 책이 『영국에 관한 편지』라는 제목으로 처음 출간되었을 때, 독자들은 아무런 서론 없이 곧바로 퀘이커교도 소개가 등장하는 것에 놀랐다. 이들에 관한 논의는 4개의 편지에 걸쳐 진행되며, 그다음에 이어지는 3개의 편지에서도 영국의 다양한 종교에 관한 소개가 이어진다. 이처럼 종교 문제는 이 책에서 최초로 다루어진 주제이며 또한 가장 비중 있게 다루어진 주제이기도 하다. 실제로 종교 문제는 이 책의 곳곳에 숨어 있다. 예를 들어 로크에 관한 편지에서 볼테르는 영혼에 관한 로크의 견해를 소개하며 매우 유물론적인 태도를 드러낸다. "나는 육체이고, 나는 생각한다. 그 이상은 모른다"는 볼테르의 단언은 영혼에 우위를 두는 가톨릭교회의 입장과 배치되며 왕실 검열관 역시 이를 문제 삼았다. 그러나 볼테르는 결코 종교를 부정하지 않는다. 다만 인간이 알 수 없는 영혼의 실체와 같은 문제로 파당을 지어 서로 싸우고 박해하는 광신을 경계하고, 종교 문제에서의 관용을 주장했을 뿐이다.

'편지 25'의 의미 역시 이러한 볼테르의 종교에 대한 관심의 관점에서 볼 때 확실해진다. 「파스칼 씨의 『팡세』에 관하여」라는 제목의 이 편지는 영국과 전혀 관계가 없다. 그래서 이 책을 출판할 당시, 볼테르의 친구인 포르몽은 이 편지를 뺄 것을 강력히 충고했다. 그럼에도 볼테르는 프랑스에서 출간될 책의 제목을 『철학편지』로 바꾸면서까지 이 편지를 포함시킬 것을 고집했다. 이 편지의 존재는 우연한 것이 아니라 볼테르의 의지를 반영한 것이라고 볼 수 있다. 그렇다면 볼테르는 왜 이전의 편지들과 전혀 공통점이 없어 보이는 파스칼에 대한 비판을 포함시킨 것일까? 여기에 대해서는 여러 가지 견해가 있지만 무엇보다 중요한 것은, 볼테르의 파스칼 비판은 그의 긴 생애를 사로잡고 있었던 중추적인 문제인 종교 문제에 관한 것이라는 점이다.

'편지 25'에서 볼테르는 원죄, 인간의 비참한 상태, 예정설 등 파스칼의 종교적 견해에 대해 비판하는데, 특히 기적에 대한 비판은 18세기 당시의 상황에 비추어 이해되어야 한다. 왜냐하면 이 기적의 문제는 『철학편지』가 출간되기 직전인 1730년대 초, 파리 사회를 뜨겁게 달군 문제이며 이 논쟁의 배경에는 파스칼이 옹호한 얀센파와 볼테르가 지지했던 예수회 사이의 교리다툼이 있기 때문이다.

파스칼은 17세기 중반에 이단으로 탄압받던 얀센파 성직자들을 위해 『시골 친구에게 보내는 편지』를 썼을 정도로 얀센주의를 신봉하던 사람이었다. 당시 파스칼은 얀센주의를 정당화하기 위해 자신의 조카딸에게 일어난 치유의 기적을 예로 들었다. 포르루아얄의 수녀였던 그녀의 심한 눈병이 그리스도의 가시면류관의 일부인 성유물을 접촉한 이후 기적적으로 나았는데, 하느님은 이렇게 얀센파 수녀에게 기적을 보임으로써 얀센파를 인정했다는 것이다. 이러한 주장은 얀센주의에 대한 탄압이 재연된 18세기 초에 또다시 제시되었다. 1713년 교황 클레멘스 11세가 칙서를 발표해 얀센주의의 여러 주장을 이단으로 규정하자 얀센파 사제들은 이에 저항했다. 1727년, 얀센파인 프랑수아 드 파리스 신부가 자신의 재산을 모두 가난한 사람들에게 남기고 죽자, 장례식 당일부터 그의 무덤 주위에서 병자가 치유되었다는 소문이 돌았다. 이후에도 여러 기적이 일어났다는 증언이 잇따랐고, 그의 무덤이 있는 파리의 생메다르 묘지는 일종의 성지가 되어 병자들이 우르르 모여들었다. 결국 파리대주교는 이 기적을 가짜라고 규정했고, 파리 당국은 1732년 1월 생메다르 묘지를 폐쇄했다.

볼테르는 이러한 기적 소동을 광신의 결과라고 보았다. 그는 기적에 대한 파스칼의 견해를 반박하며 이러한 기적 소동을 비판했다. 또한 파스칼이 옹호하는 예정설 및 지나치게 염세적인 인간관 등에 대한 비판을 통해 얀센파의 교리에 내재하는 광신의 위험에 대해 경고했다. 그러므로 파스칼의 『팡세』에 대한 볼테르의 비판은 지난 세기의 위대한 사상가의 저술에 대한 비판이라기보다 볼테르가 평생 싸우던 광신에 대한 경계로 봐야 할 것이다.

볼테르는 영국의 종교적 자유의 근저에는 다양성이 있다고 보았다.

"만일 영국에 한 가지 종교만 있었다면 그 횡포가 대단했을 것이다. 만일 두 가지가 있었다면 서로 목을 따려고 했을 것이다. 그러나 실제로는 30개가 있기 때문에 모두 평화롭고 행복하게 지낸다." 종교적 관용은 이러한 다양성에서 나오며 이것은 자신들의 신앙의 절대성을 주장하는 얀센파의 교리와 양립되기 어렵다. 그러므로 '얀센파 광신주의의 원로'인 파스칼에 대한 비판은 볼테르가 평생에 걸쳐 진력한 관용을 향한 노력의 일환이며, 공허한 형이상학적 공론이 아니라 당대 현안에 대한 논평이다. 그리고 이를 통해 「파스칼 씨의 『팡세』에 관하여」는 『영국에 관한 편지』의 끝에 첨가된 부록이 아니라 『철학편지』의 마지막 편지, 즉 종교에 대한 논의로 시작된 이 편지 모음집을 끝맺는 또하나의 종교에 대한 편지가 된다.

*

앞에서 살펴보았듯이 『철학편지』는 세 개의 다른 초판이 있었다. 1733년 영국에서 발간된 영어판, 영국에서 발간된 프랑스어판, 그리고 1734년 루앙에서 발간된 프랑스어판이 그것으로 이것들은 각각 다른 운명을 걸었다. 1734년의 프랑스어판은 출간 직후 프랑스에서 금서가 됨으로써 비밀리에 유통될 수밖에 없었지만 24개의 편지로 구성된 영어판은 영국에서 상당한 성공을 거두었으며, 1741년판부터는 「파스칼 씨의 『팡세』에 관하여」를 부록에 포함시켜 『영국에 관한 편지』라는 제목으로 오늘날까지 계속 출간되고 있다. 그러나 오늘날 『철학편지』의 원전으로 간주되는 것은 1734년의 프랑스어판으로, 1915년 귀스타브

랑송에 의해 정립된 이래 대부분의 판본이 이를 따르고 있다. 우리가 원전으로 사용한 *Lettres philosophiques;* Édition d'Olivier Ferret et Anthony McKenna, Éditions Classiques Garnier, 2010 역시 기본적으로 랑송의 판본에 의거한 것이다.

이봉지

1694년 11월 21일 프랑스 파리에서 공증인 프랑수아 아루에와 마리 마르그리트 도마르의 넷째 아이로 태어남. 그러나 볼테르는 자신의 실제 생일은 2월 20일이라고 주장했음.

1701년 어머니 마리 마르그리트 사망. 권위적인 아버지에게 반항심을 느끼고 대부 샤토뇌프 신부에게 애착을 가짐. 샤토뇌프 신부를 따라 자유사상가들의 모임에 자주 드나듦.

1704년 예수회가 운영하는 루이 르 그랑 학교 입학. 고전문학과 연극 및 사교생활에 대해 관심을 가짐.

1711년 루이 르 그랑 학교를 졸업. 법률가가 되기를 바라는 아버지의 뜻을 거역하고 문학에만 전념하기로 결심함.

1713년 아버지의 강요에 못 이겨 네덜란드 주재 프랑스 대사의 서기관으로 부임. 그러나 연애 사건으로 물의를 일으켜 파리로 송환됨.

1715년 9월 1일 루이 14세 서거 후 오를레앙 공의 섭정이 시작됨. 자유사상가들의 모임 '탕플(Temple)'에서 재치로 명성을 얻음.

1716년 오를레앙 공의 추문을 풍자한 시가 문제가 되어 친구 쉴리 공작의 성으로 피신함.

1717년 5월 오를레앙 공을 비방하는 글을 썼다는 죄목으로 바스티유 감옥에 수감됨.

1718년 11월 감옥에서 완성한 첫 비극 「오이디푸스*Oedipe*」로 위대한 고전주의 극작가 라신의 후계자라는 평가를 받으며 대성공을 거둠. 볼테르라는 필명을 사용하기 시작.

1722년 1월 아버지 프랑수아 아루에 사망.

1723년 11월 천연두에 걸려 심하게 앓음.

1726년 1월 명문 귀족 출신 슈발리에 드 로앙과 말다툼을 벌였다가 로앙의 하인들한테 구타당함. 이에 격분해 결투를 신청하지만, 오히려 귀족에게 불손했다는 이유로 바스티유 감옥에 수감됨. 5월 영국으로 떠난다는 조건으로 풀려남. 이때의 경험으로 프랑스 사회의 불평등에 환멸을 느끼게 됨.

1726~ 영국 망명 생활 동안 알렉산더 포프, 조너선 스위프트, 윌리엄 콩그리브 등의 문필가와 철학자 조지 버클리, 신학자 새뮤얼 클라크와 교유함. 당시 프랑스보다 개방적이었던 영국에서 사회적, 사상적 자유를 만끽함.

1730년 여배우 르쿠브뢰르 사망. 성직자들이 교회식 장례를 치러주지 않아 교회 묘지에 매장되지 못하고 시신이 쓰레기장에 버려짐. 이에 「르쿠브뢰르 양의 죽음에 관한 시*Sur la Mort de Mlle Lecouvreur*」를 써서 분노를 표현. 〈브루투스*Brutus*〉 상연. 성공을 거둠.

1731년 런던에 체류하는 동안 스웨덴 국왕 칼 12세의 유별난 성격에 흥미를 느껴 집필한 전기 『칼 12세의 역사*Histoire de Charles XII*』 출간.

1732년 8월 셰익스피어의 〈오셀로〉에서 영향 받은 비극 〈자이르*Zaïre*〉 상연. 대성공을 거둠.

1733년 1월 17세기 거장들을 비판한 장시 「취향의 사원*Le Temple du Goût*」 출간으로 자신에게 적대적인 문인들을 더욱 자극함. 6월 샤틀레 부인과 연인이 됨.

1734년 4월 편지 형식으로 종교적 관용이 갖는 효과를 논증하고 있는 『영국인에 관한 편지 혹은 철학편지*Lettre sur les Anglais ou Lettres philosophiques*』를 출간. 이 책에 내포된 체제 비판으로 인해 프랑스 정부가 금서조치를 내리고 체포영장을 발부함. 7월 샤틀레 부인의 영지 시레로 피신. 이후 10년 동안 머묾.

1735년 3월 파리 귀환 허가. 8월 〈카이사르의 죽음*La Mort de César*〉 상연.

1736년 8월 프로이센의 프리드리히 2세와 서신 교환 시작. 사치와 쾌락을 옹호한 시 「세속인*Le Mondain*」이 유포되어 다시 체포의 위협을 받고 네덜란드로 피신.

1737년 프랑스에 거의 알려져 있지 않았던 영국 과학의 발견을 소개하는 『뉴턴 철학의 요소들*Éléments de la philosophie de Newton*』 출간. 『루이 14세 시대*Le Siècle de Louis XIV*』의 집필 시작.

1738년 5월 과학 아카데미의 불에 관한 논문 현상 공모에 샤틀레 부인과 각각 응모했으나 두 사람 모두 탈락함.

1739년 5월 샤틀레 부인과 함께 브뤼셀로 여행. 이후 브뤼셀, 시레, 파리를 자주 왕래함.

1740년 클레브 근처에서 프리드리히 2세를 처음 만남. 11월 프리드리히 2세의 초대로 베를린에 체류. 12월 오스트리아 왕위계승전쟁 발발.

1741년 파리 귀국길에 릴에서 〈마호메트 혹은 광신*Mahomet ou le Fanatisme*〉을 성공리에 상연.

1742년 파리에서 〈마호메트 혹은 광신〉 상연. 얀세니스트들로부터 '불경과 소요'라는 죄목으로 고발당하자 3회 공연 후 스스로 작품을 내림. 9월 프리드리히 2세를 설득해 프랑스와 프로이센의 연합전선을 구축할 사명을 띠고 아헨으로 감.

1745년 2월 프랑스 왕세자의 결혼 축하공연으로 베르사유궁전에서 〈나바르의 공주*La Princesse de Navarre*〉를 초연. 퐁파두르 부인의 호의를 받아 왕실의 사료편찬관으로 임명됨.

1746년 4월 아카데미 프랑세즈의 회원으로 선출됨.

1747년 6월 철학 소설 『자디그*Zadig*』 출간. 10월 샤틀레 부인이 왕비와 함께 도박을 하다가 큰돈을 잃자 샤틀레 부인에게 영어로 “상대는 카드놀이의 사기꾼”이라고 말했다가 사람들에게 들켜 소sceaux에 있는 멘 공작부인의 저택으로 피신.

1748년 10월 샤틀레 부인과 시인 생 랑베르와 삼각관계가 됨.

1749년 샤틀레 부인이 산고 끝에 사망함. 샤틀레 부인과 함께 살았던 파리 집으로 돌아옴. 한밤중에 일어나 그녀의 이름을 부르며 어둠 속을 헤맬 정도로 큰 슬픔에 빠짐.

1750년 6월 프리드리히 2세의 초청을 받아 베를린으로 감. 베를린 아카데미의 원장이자 프랑스 수학자인 모페르튀이와 학문적 문제로 논전을 시작함.

1751년 20년 동안 준비해온 역사 연구서 『루이 14세 시대』 출간.

1752년 12월 『아카키아 박사와 생말로 출신 사람에 관한 이야기 *Histoire du Docteur Akakia et du Natif de Saint Malo*』라는 소책자에서 모페르튀이를 조롱해 프리드리히대왕의 노여움을 사게 됨. 콩트 『미크로메가스*Micromégas*』 출간.

1753년 3월 26일 프리드리히 2세와의 불화로 프로이센을 떠남. 여행중 프리드리히 2세에 의해 프랑크푸르트의 한 여관에 연금당하기도 함. 루이 15세 역시 볼테르의 파리 귀환을 금하자 갈 곳이 없어 콜마르에 1년 정도 체류.

1755년 8월 〈중국 고아*L'Orphelin de la Chine*〉 파리 상연.

1756년 국왕과 전쟁, 문명과 풍속의 보편적 역사를 다룬 저서 『풍속론*Essai sur les moeurs et l'esprit des Nations*』 출간. 달랑베르가 볼테르의 집에 거주하며 집필한 『백과전서*Encyclopédie*』의 「제네바」 항목이 문제되자 저자에게 영향을 주었다는 이유로 기소됨.

1758년 프랑스와 스위스 국경 가까이에 있는 투르네와 페르네의 영지 구입. 대표작 『캉디드 혹은 낙관주의』 집필.

1759년 1월 『캉디드 혹은 낙관주의』 출간. 파리 고등법원이 『백과전서』에서 볼테르가 쓴 「자연법」을 금서목록에 추가함.

1760년 9월 비극 〈탕크레드*Tancrède*〉 파리 상연.

1762년 신교도 장 칼라스가 가톨릭으로 개종하려는 아들을 죽였다는 누명을 쓰고 거열형에 처해지는 사건 발생. 이에 분개한 볼테르가 개입한 덕분에 3년 뒤에 처형된 칼라스는 명예를 회복하고 가족은 피해 보상을 받음.

1763년 12월 『관용론*Traité sur la tolérance*』 출간.

1764년 6월 『휴대용 철학사전*Dictionnaire philosophique portatif*』 출간.

1766년 7월 1일 종교 행렬을 모욕하고 십자가를 훼손했다는 이유로 열아홉 살의 라 바르 기사가 혀를 뽑히고 손목이 잘리는 고문을 당한 뒤 처형됨. 라 바르의 집에서 발견된 볼테르의 『철학사전』이 그의 시신 위에서 불태워짐. 볼테르는 스위스로 피신. 광신을 공격하며 사건의 재심을 요구.

1768년 3월 『바빌론의 공주*La Princesse de Babylone*』 출간.

1773년 파리로 돌아오기를 희망했으나 성공하지 못함. 배뇨 곤란 증세로 와병.

1775년 크라메르출판사에서 『볼테르전집』 출간. 마지막 권은 직접 감수한 뒤 출간.

1778년 2월 10일 〈이렌*Irène*〉의 리허설을 참관하기 위해 28년 만에 파리로 돌아옴. 3월 30일에는 아카데미에 출석하여 기립 박수를 받음. 5월 18일 요독증에 걸려 며칠 동안 심한 고통을 받다가 5월 30일에 숨을 거둠. 셀리에르 수도원 묘지에 묻힘.

1791년 프랑스 혁명기인 7월에 팡테옹으로 이장됨.

문학동네 세계문학전집 발간에 부쳐

세계문학은 국민문학 혹은 지역문학을 떠나 존재하는 문학이 아니지만 그것들의 총합도 아니다. 세계문학이라는 용어에는 그 나름의 언어와 전통을 갖고 있는 국민문학이나 지역문학의 존재를 인정하면서 그것을 넘어서는 문학의 보편적 질서에 대한 관념이 새겨져 있다. 그 용어를 처음 고안한 19세기 유럽인들은 유럽문학을 중심으로 그 질서를 구축했지만 풍부한 국민문학의 전통을 가지고 있는 현대의 문학 강국들은 나름의 방식으로 세계문학을 이해하면서 정전(正典)의 목록을 작성하고 또 수정한다.

한국에서도 세계문학 관념은 우리 사회와 문화의 변화 속에서 거듭 수정돼왔다. 어느 시기에는 제국 일본의 교양주의를 반영한 세계문학 관념이, 어느 시기에는 제3세계 민족주의에 동조한 세계문학 관념이 출현했고, 그러한 관념을 실천한 전집물이 출판됐다. 21세기 한국에 새로운 세계문학전집이 필요하다는 것은 명백하다. 우리의 지성과 감성의 기준에 부합하는 세계문학을 다시 구상할 때가 되었다.

문학동네 세계문학전집은 범세계적으로 통용되는 고전에 대한 상식을 존중하면서도 지난 반세기 동안 해외 주요 언어권에서 창작과 연구의 진전에 따라 일어난 정전의 변동을 고려하여 편성되었다. 그래서 불멸의 명작은 물론 동시대 세계의 중요한 정치·문화적 실천에 영감을 준 새로운 작품들을 두루 포함시켰다.

창립 이후 지금까지 한국문학 및 번역문학 출판에서 가장 전문적이고 생산적인 그룹을 대표해온 문학동네가 그간 축적한 문학 출판 경험을 바탕으로 새로운 세계문학전집을 펴낸다. 인류가 무지와 몽매의 어둠 속을 방황하면서도 끝내 길을 잃지 않은 것은 세계문학사의 하늘에 떠 있는 빛나는 별들이 길잡이가 되어주었기 때문이다. 우리가 자부심과 사명감 속에서 그리게 될 이 새로운 별자리가 독자들의 관심과 애정에 힘입어 우리 모두의 뿌듯한 자산이 되기를 소망한다.

문학동네 세계문학전집 편집위원

민은경, 박유하, 변현태, 송병선, 이재룡, 홍길표, 남진우, 황종연

지은이 **볼테르**
본명은 프랑수아마리 아루에. 1694년 파리에서 공증인의 아들로 태어났다. 비극 「오이디푸스」를 시작으로 서사시, 희곡, 콩트, 역사서 등의 다양한 글을 발표했다. 17세기 고전주의의 계승자로 인정받았으며, 신앙과 언론의 자유를 추구하는 계몽사상가로 활약했다. 1778년 84세의 나이로 숨을 거두었다.

옮긴이 **이봉지**
서울대학교 불어교육학과를 졸업하고 같은 대학원에서 석사학위를, 미국 노스웨스턴대학에서 불문학 박사 학위를 받았다. 현재 배재대학교 연극영화학과 교수로 재직중이다. 지은 책으로 『서사학과 페미니즘』이 있고, 옮긴 책으로 『수녀』 『두 친구』 『캉디드 혹은 낙관주의』 『보바리 부인』 등이 있다.

세계문학전집 175
철학편지

초판 인쇄 2019년 2월 20일
초판 발행 2019년 2월 28일

지은이 볼테르 | 옮긴이 이봉지 | 펴낸이 염현숙

책임편집 김수현 | 편집 김경은 황도옥 오동규 | 독자모니터 황지연
디자인 최윤미 최미영 | 저작권 한문숙 김지영
마케팅 정민호 정진아 함유지 김혜연 박지영 김수현 | 홍보 김희숙 김상만 이천희
제작 강신은 김동욱 임현식 | 제작처 영신사

펴낸곳 (주)문학동네
출판등록 1993년 10월 22일 제406-2003-000045호
주소 10881 경기도 파주시 회동길 210
전자우편 editor@munhak.com | 대표전화 031)955-8888 | 팩스 031)955-8855
문의전화 031)955-8862(마케팅), 031)955-8868(편집)
문학동네카페 http://cafe.naver.com/mhdn
문학동네트위터 http://twitter.com/munhakdongne
북클럽문학동네 http://bookclubmunhak.com

ISBN 978-89-546-5509-5 04860
978-89-546-0901-2 (세트)

www.munhak.com

1, 2, 3 안나 카레니나 레프 톨스토이 | 박형규 옮김
4 판탈레온과 특별봉사대 마리오 바르가스 요사 | 송병선 옮김
5 황금 물고기 르 클레지오 | 최수철 옮김
6 템페스트 윌리엄 셰익스피어 | 이경식 옮김
7 위대한 개츠비 F. 스콧 피츠제럴드 | 김영하 옮김
8 아름다운 애너벨 리 싸늘하게 죽다 오에 겐자부로 | 박유하 옮김
9, 10 파우스트 요한 볼프강 폰 괴테 | 이인웅 옮김
11 가면의 고백 미시마 유키오 | 양윤옥 옮김
12 킴 러디어드 키플링 | 하창수 옮김
13 나귀 가죽 오노레 드 발자크 | 이철의 옮김
14 피아노 치는 여자 엘프리데 옐리네크 | 이병애 옮김
15 1984 조지 오웰 | 김기혁 옮김
16 벤야멘타 하인학교–야콥 폰 군텐 이야기 로베르트 발저 | 홍길표 옮김
17, 18 적과 흑 스탕달 | 이규식 옮김
19, 20 휴먼 스테인 필립 로스 | 박범수 옮김
21 체스 이야기·낯선 여인의 편지 슈테판 츠바이크 | 김연수 옮김
22 왼손잡이 니콜라이 레스코프 | 이상훈 옮김
23 소송 프란츠 카프카 | 권혁준 옮김
24 마크롤 가비에로의 모험 알바로 무티스 | 송병선 옮김
25 파계 시마자키 도손 | 노영희 옮김
26 내 생명 앗아가주오 앙헬레스 마스트레타 | 강성식 옮김
27 여명 시도니가브리엘 콜레트 | 송기정 옮김
28 한때 흑인이었던 남자의 자서전 제임스 웰든 존슨 | 천승걸 옮김
29 슬픈 짐승 모니카 마론 | 김미선 옮김
30 피로 물든 방 앤절라 카터 | 이귀우 옮김
31 숨그네 헤르타 뮐러 | 박경희 옮김
32 우리 시대의 영웅 미하일 레르몬토프 | 김연경 옮김
33, 34 실낙원 존 밀턴 | 조신권 옮김
35 복낙원 존 밀턴 | 조신권 옮김
36 포로기 오오카 쇼헤이 | 허호 옮김
37 동물농장·파리와 런던의 따라지 인생 조지 오웰 | 김기혁 옮김
38 루이 랑베르 오노레 드 발자크 | 송기정 옮김
39 코틀로반 안드레이 플라토노프 | 김철균 옮김
40 어두운 상점들의 거리 파트릭 모디아노 | 김화영 옮김
41 순교자 김은국 | 도정일 옮김
42 젊은 베르테르의 슬픔 요한 볼프강 폰 괴테 | 안장혁 옮김
43 더블린 사람들 제임스 조이스 | 진선주 옮김
44 설득 제인 오스틴 | 원영선, 전신화 옮김
45 인공호흡 리카르도 피글리아 | 엄지영 옮김

46 정글북 러디어드 키플링 | 손향숙 옮김
47 외로운 남자 외젠 이오네스코 | 이재룡 옮김
48 에피 브리스트 테오도어 폰타네 | 한미희 옮김
49 둔황 이노우에 야스시 | 임용택 옮김
50 미크로메가스· 캉디드 혹은 낙관주의 볼테르 | 이병애 옮김
51, 52 염소의 축제 마리오 바르가스 요사 | 송병선 옮김
53 고야산 스님· 초롱불 노래 이즈미 교카 | 임태균 옮김
54 다니엘서 E. L. 닥터로 | 정상준 옮김
55 이날을 위한 우산 빌헬름 게나치노 | 박교진 옮김
56 톰 소여의 모험 마크 트웨인 | 강미경 옮김
57 카사노바의 귀향· 꿈의 노벨레 아르투어 슈니츨러 | 모명숙 옮김
58 바보들을 위한 학교 사샤 소콜로프 | 권정임 옮김
59 어느 어릿광대의 견해 하인리히 뵐 | 신동도 옮김
60 웃는 늑대 쓰시마 유코 | 김훈아 옮김
61 팔코너 존 치버 | 박영원 옮김
62 한눈팔기 나쓰메 소세키 | 조영석 옮김
63, 64 톰 아저씨의 오두막 해리엇 비처 스토 | 이종인 옮김
65 아버지와 아들 이반 투르게네프 | 이항재 옮김
66 베니스의 상인 윌리엄 셰익스피어 | 이경식 옮김
67 해부학자 페데리코 안다아시 | 조구호 옮김
68 긴 이별을 위한 짧은 편지 페터 한트케 | 안장혁 옮김
69 호텔 뒤락 애니타 브루크너 | 김정 옮김
70 잔해 쥘리앵 그린 | 김종우 옮김
71 절망 블라디미르 나보코프 | 최종술 옮김
72 더버빌가의 테스 토머스 하디 | 유명숙 옮김
73 감상소설 미하일 조셴코 | 백용식 옮김
74 빙하와 어둠의 공포 크리스토프 란스마이어 | 진일상 옮김
75 쓰가루·석별·옛날이야기 다자이 오사무 | 서재곤 옮김
76 이인 알베르 카뮈 | 이기언 옮김
77 달려라, 토끼 존 업다이크 | 정영목 옮김
78 몰락하는 자 토마스 베른하르트 | 박인원 옮김
79, 80 한밤의 아이들 살만 루슈디 | 김진준 옮김
81 죽은 군대의 장군 이스마일 카다레 | 이창실 옮김
82 페레이라가 주장하다 안토니오 타부키 | 이승수 옮김
83, 84 목로주점 에밀 졸라 | 박명숙 옮김
85 아베 일족 모리 오가이 | 권태민 옮김
86 폭풍의 언덕 에밀리 브론테 | 김정아 옮김
87, 88 늦여름 아달베르트 슈티프터 | 박종대 옮김
89 클레브 공작부인 라파예트 부인 | 류재화 옮김

90 P세대 빅토르 펠레빈 | 박혜경 옮김
91 노인과 바다 어니스트 헤밍웨이 | 이인규 옮김
92 물방울 메도루마 슌 | 유은경 옮김
93 도깨비불 피에르 드리외라로셸 | 이재룡 옮김
94 프랑켄슈타인 메리 셸리 | 김선형 옮김
95 래그타임 E. L. 닥터로 | 최용준 옮김
96 캔터빌의 유령 오스카 와일드 | 김미나 옮김
97 만(卍)·시게모토 소장의 어머니 다니자키 준이치로 | 김춘미, 이호철 옮김
98 맨해튼 트랜스퍼 존 더스패서스 | 박경희 옮김
99 단순한 열정 아니 에르노 | 최정수 옮김
100 열세 걸음 모옌 | 임홍빈 옮김
101 데미안 헤르만 헤세 | 안인희 옮김
102 수레바퀴 아래서 헤르만 헤세 | 한미희 옮김
103 소리와 분노 윌리엄 포크너 | 공진호 옮김
104 곰 윌리엄 포크너 | 민은영 옮김
105 롤리타 블라디미르 나보코프 | 김진준 옮김
106, 107 부활 레프 톨스토이 | 백승무 옮김
108, 109 모래그릇 마쓰모토 세이초 | 이병진 옮김
110 은둔자 막심 고리키 | 이강은 옮김
111 불타버린 지도 아베 고보 | 이영미 옮김
112 말라볼리아가의 사람들 조반니 베르가 | 김운찬 옮김
113 디어 라이프 앨리스 먼로 | 정연희 옮김
114 돈 카를로스 프리드리히 실러 | 안인희 옮김
115 인간 짐승 에밀 졸라 | 이철의 옮김
116 빌러비드 토니 모리슨 | 최인자 옮김
117, 118 미국의 목가 필립 로스 | 정영목 옮김
119 대성당 레이먼드 카버 | 김연수 옮김
120 나나 에밀 졸라 | 김치수 옮김
121, 122 제르미날 에밀 졸라 | 박명숙 옮김
123 현기증. 감정들 W. G. 제발트 | 배수아 옮김
124 강 동쪽의 기담 나가이 가후 | 정병호 옮김
125 붉은 밤의 도시들 윌리엄 버로스 | 박인찬 옮김
126 수고양이 무어의 인생관 E. T. A. 호프만 | 박은경 옮김
127 맘브루 R. H. 모레노 두란 | 송병선 옮김
128 익사 오에 겐자부로 | 박유하 옮김
129 땅의 혜택 크누트 함순 | 안미란 옮김
130 불안의 책 페르난두 페소아 | 오진영 옮김
131, 132 사랑과 어둠의 이야기 아모스 오즈 | 최창모 옮김
133 페스트 알베르 카뮈 | 유호식 옮김

134 다마세누 몬테이루의 잃어버린 머리 안토니오 타부키 | 이현경 옮김
135 작은 것들의 신 아룬다티 로이 | 박찬원 옮김
136 시스터 캐리 시어도어 드라이저 | 송은주 옮김
137 고독한 산책자의 몽상 장자크 루소 | 문경자 옮김
138 용의자의 야간열차 다와다 요코 | 이영미 옮김
139 세기아의 고백 알프레드 드 뮈세 | 김미성 옮김
140 햄릿 윌리엄 셰익스피어 | 이경식 옮김
141 카산드라 크리스타 볼프 | 한미희 옮김
142 이 글을 읽는 사람에게 영원한 저주를 마누엘 푸익 | 송병선 옮김
143 마음 나쓰메 소세키 | 유은경 옮김
144 바다 존 밴빌 | 정영목 옮김
145, 146, 147, 148 전쟁과 평화 레프 톨스토이 | 박형규 옮김
149 세 가지 이야기 귀스타브 플로베르 | 고봉만 옮김
150 제5도살장 커트 보니것 | 정영목 옮김
151 알렉시·은총의 일격 마르그리트 유르스나르 | 윤진 옮김
152 말라 온다 알베르토 푸겟 | 엄지영 옮김
153 아르세니예프의 인생 이반 부닌 | 이항재 옮김
154 오만과 편견 제인 오스틴 | 류경희 옮김
155 돈 에밀 졸라 | 유기환 옮김
156 젊은 예술가의 초상 제임스 조이스 | 진선주 옮김
157, 158, 159 카라마조프가의 형제들 표도르 도스토옙스키 | 김희숙 옮김
160 진 브로디 선생의 전성기 뮤리얼 스파크 | 서정은 옮김
161 13인당 이야기 오노레 드 발자크 | 송기정 옮김
162 하지 무라트 레프 톨스토이 | 박형규 옮김
163 희망 앙드레 말로 | 김웅권 옮김
164 임멘 호수·백마의 기사·프시케 테오도어 슈토름 | 배정희 옮김
165 밤은 부드러워라 F. 스콧 피츠제럴드 | 정영목 옮김
166 야간비행 앙투안 드 생텍쥐페리 | 용경식 옮김
167 나이트우드 주나 반스 | 이예원 옮김
168 소년들 앙리 드 몽테를랑 | 유정애 옮김
169, 170 독립기념일 리처드 포드 | 박영원 옮김
171, 172 닥터 지바고 보리스 파스테르나크 | 박형규 옮김
173 싯다르타 헤르만 헤세 | 권혁준 옮김
174 야만인을 기다리며 J. M. 쿳시 | 왕은철 옮김
175 철학편지 볼테르 | 이봉지 옮김

● 문학동네 세계문학전집은 계속 출간됩니다